Saga Frida Sörensen

AF282590

Auf der Suche nach dem perfekten Mann

jenseits der 60

Geschichten

Saga Frida Sörensen

Auf der Suche nach dem perfekten Mann

jenseits der 60

Bibliografische Information der Deutschen Nationalbibliothek:
Die Deutsche Nationalbibliothek verzeichnet diese Publikation in der
Deutschen Nationalbibliografie; detaillierte bibliografische Daten sind im
Internet über http://dnb.dnb.de abrufbar.

Impressum

© 2023 Saga Frida Sörensen

Lektorat: Ines Allerheiligen
Umschlagdesign: Saga Frida Sörensen - BoD

Herstellung und Verlag: BoD – Books on Demand, Norderstedt

ISBN: 978-3-7583-2630-1

Inhaltsverzeichnis

Prolog

Ihr Lieben! Es gibt schon sehr viele Bücher über die Partnersuche, auch speziell für uns, jenseits der 60. Und doch - ich habe viele interessante und skurrile Erlebnisse gehabt. Daran möchte ich mich in diesem Buch mit einem Augenzwinkern erinnern. Denn eines habe ich aus der ganzen Sache gelernt, mich selber nicht mehr so ernst zu nehmen.

Seit fast fünf Jahren bin ich ungewollt Single. In meinem Leben hatte ich bisher immer langjährige Beziehungen. Ich bin mir sicher, dies ist für mich einfach die perfekte Lebenssituation. Einen Mann an meiner Seite zu haben, der für mich bester Freund und Geliebter zugleich ist, mir Nähe gibt, aber auch Freiräume lässt. Jetzt erst merke ich, das ist nicht selbstverständlich! Ich habe einfach bisher sehr viel Glück in meinem Leben gehabt. Langsam beschleicht mich aber das Gefühl, dass meine Glücksreserven aufgebraucht sind und mir im Leben nur drei wunderbare Männer zur Verfügung gestanden haben. Drei ereignisreiche und völlig unterschiedliche Lebensabschnitte durfte ich erleben! Schöne Jahre mit meinen beiden Ehemännern und einem Lebenspartner.

Ich bin nicht perfekt, habe viele Eigenheiten und Macken im Laufe der Jahre entwickelt. So wie bei den meisten Menschen im fortgeschrittenen Alter, die sich auf das Abenteuer Online-Dating einlassen. Dennoch hoffen viele von uns auf den einen, passenden Partner, den sie gerne in ihr Leben aufnehmen möchten. Sind wir aber selber bereit etwas völlig Neues anzufangen, alte Gewohnheiten und sogar unseren Lebensmittelpunkt aufzugeben? Im Laufe der Jahre habe ich mir einige Gedanken darüber gemacht. Warum sind so viele meiner Versuche, einen Mann für den Rest meines Lebens zu finden, gescheitert?

Das Abenteuer beginnt

Es war ein grauer Montagabend, nach einem grauen Wochenende im März und ich fühlte mich ebenfalls grau. Ich stand vor dem Schreibtisch von Kiyan, meinem langjährigen Lebensgefährten. Er war vor zwei Jahren nach einer schrecklichen Krankheit, die uns über ein Jahr in ihren Bann gezogen hatte, gestorben. Zuerst hatte ich wie gelähmt nur funktioniert, den Alltag bewältigt, wie ich es auch das lange Jahr während Kiyans Krankheit tat.

Ich stand vor seinem Schreibtisch und betrachtete sein Foto. Groß, kräftig, breit, muskulös und wie lebendig sah er mich an. Es war als könne ich mit ihm reden, Zwiesprache halten über die Dinge, die ich am Tage erlebt hatte oder die mich beschäftigten. Immer noch war er ein guter Vertrauter, der mir geduldig zuhörte.

Doch heute hatte ich ein schlechtes Gewissen! Nach der langen Zeit der Trauer und des sich neu orientieren, war ich bereit für ein weiteres Kapitel in meinem Leben. Vielleicht sogar mit einem neuen Partner.

Was nun? Ich war 62 Jahre alt und ging nicht mehr häufig tanzen oder zu Veranstaltungen, so wie ich es als junge Frau so gerne machte. In der heutigen Zeit werden Kontakte hauptsächlich über das Internet geknüpft. So wagte ich mich auf eine Seite für das Online-Dating, und hangelte mich durch die Anmeldung. Ich heiße Saga Frida Sörensen, musste meinen Namen aber in keinem Feld eintragen. Stattdessen sollte ich mir ein Pseudonym zulegen. „Irgendetwas mit S, wie mein eigener Vorname.", dachte ich. So entschied ich mich für Sybille158. Den intensiven Fragenkatalog, Texte und das Hochladen eines Fotos wollte ich mir für später aufsparen.

Besonders schwer fiel mir die äußerliche Beschreibung meiner Person: „Guter

Durchschnitt, mit einer eher normalen Figur, nicht schlank, aber auch nicht besonders füllig, halblange braune Haare, grüngraue Augen, immer noch ganz passabel.", kam mir in den Sinn. So hatte ich zumindest schon den Anfang gemacht.

Auf einem Regal über meinem Schreibtisch stand ein weiteres Foto von Kiyan. Er sah mich von oben herab an. Wie immer traf mich sein liebevoller Blick und sein freundliches, geduldiges Lächeln. Scheinbar war er mit meinen neuen Aktivitäten einverstanden.

„Für heute habe ich genug Mut bewiesen!", war ich der Meinung, schloss das Programm, fuhr den PC herunter und widmete mich wieder dem realen Leben.

Ein neuer Tag! Endlich Feierabend und ich fuhr nach Hause. Nun würde ich das Profil für das Online-Dating weiterbearbeiten. Nach dem Öffnen sah ich zu meinem Erstaunen, dass es Besucher und auch eine Nachricht gab.

Zu lesen war: „Schöne Frau, wie geht es?"

Ich war verwirrt, was sollte das? Es gab weder ein Foto, noch nähere Angaben in meinem Profil! Nun sah ich mir den Interessenten genauer an. Er war 34 Jahre alt, sah gut aus und hatte ein umwerfendes Lächeln. War ihm entgangen, dass ich 62 Jahre alt war? Ich hätte seine Mutter sein können. Da ich noch unerfahren im Portal war dachte ich, das sollte ich ihm schreiben. Die Antwort kam prompt: „Das macht nichts, ich stehe auf ältere Frauen. Das Alter ist egal!"

Meine Güte, was für ein Anfang! Ich beschloss, diesem jungen Mann nicht mehr zu antworten. Wo war bloß die Löschfunktion? Da, zack war er weg! So einfach!

Jetzt wurde es ernst, das Profil musste ausgefüllt werden. Ich fügte Angaben über mein Äußeres, meine Eigenschaften, meine Hobbys und Vorlieben im Alltag ein. Und dann folgte das Hochladen eines meiner Fotos. Ja, das mit dem Foto war so eine Sache. Ich war nicht besonders fotogen. In Natura sah ich ganz passabel aus, aber auf Fotos mochte ich mich nie. Nach langem Suchen fand ich ein halbwegs, brauchbares Foto und lud es hoch. Es erschien eine Meldung: „Das Bild wird geprüft." OK, hoffentlich hielt es den Richtlinien von „My" der Dating App stand. Dann ging es weiter. Ich sollte ein Statement schreiben, aber mir fiel auf Anhieb nichts Geistreiches ein. So las ich, um Anregungen zu finden, die Statements der anderen Mitglieder. Scheinbar hatten alle anderen das gleiche Problem wie ich. Kaum ein Statement gefiel mir. Sehr oft gab es das Statement: „Alles kann, nichts muss!" Sollte wohl bedeuten, dass alles möglich ist beim Kennenlernen, aber keine Ansprüche gestellt werden."

Kam mir zu oft vor und klang irgendwie abgedroschen. Das half mir nicht weiter. Ich musste mir selber etwas ausdenken. Sollte ich schreiben, wie ich mich wirklich fühlte? Nein, das schreckte die Besucher nur ab. Ich musste einen positiven Eindruck vermitteln. Nach einer Recherche im Internet entschloss ich mich für: „Das Leben ist zu kurz für irgendwann!" Es passte perfekt zu meinem Alter! Denn unendliche Lebenszeit hatte ich ja tatsächlich nicht mehr zur Verfügung! Und mit jedem weiteren Jahr wurden meine Falten mehr und der Verfall schritt voran. Das war für einen potenziellen Bewerber nicht sehr attraktiv.

Nun noch einige weitere persönliche Fragen beantwortet und es war vollbracht.

Plötzlich erhielt ich die Nachricht, dass mein Foto freigegeben wurden war. Skeptisch und neugierig zu gleich wartete ich auf die ersten Nachrichten von netten Männern, passenden Alters. Gut, dass ich zu diesem Zeitpunkt noch nicht wusste, welch abenteuerlichen Erlebnisse und Erfahrungen auf mich zukommen würden!

●

Damit hatte ich nicht gerechnet. In meinen

Mails erschienen ständig Benachrichtigungen über Besucher und Nachrichten in „My". Ich loggte mich ein und war gespannt, wer mir geschrieben hatte. Von Männern im Alter von 25 bis 70 Jahren war alles dabei. Die Jungen klickte ich gleich weg. Erstaunlich was diese jungen Männer bewegte, was erhofften sie sich?

Aber einige vielversprechende, interessante, männliche Persönlichkeiten waren dabei. Da wollte ich mir die Profile doch etwas genauer anschauen. Denn auch ich hatte ja so meine Wunschvorstellungen und Kriterien für einen neuen Lebenspartner. Raucher – nein, auf keinen Fall, zu klein und dünn auch nicht. Ich war selber eine Frau von 1,69 m und nicht mehr so schlank wie mit 30. Ansonsten zählte bei mir der Mensch! Ein Profil nach dem anderen flog raus, sie passten einfach nicht. Einige schrieben sehr nett, die bekamen zumindest eine freundliche Antwort mit guten Wünschen. Die Auswahl schrumpfte erheblich zusammen. Wenige blieben übrig und ich schrieb sie an, mit der Bitte um ihre Telefonnummer. Ein Austausch am Telefon erschien mir sinnvoller, bevor es ein persönliches Treffen geben würde. Wer würde sich darauf einlassen?

Wie erwartet, antworteten einige nicht mehr, es war ihnen scheinbar zu direkt oder sie wollten sowieso nur Schreiben, als Zeitvertreib. Aus welchen Gründen auch immer, vielleicht hatte sich in einer Beziehung oder Ehe der Alltag eingeschlichen. Manche gingen vielleicht auch weiter und suchten eine Affäre auf diese Weise.

Na, da gab es viel Arbeit und Feingefühl, um diese Herren heraus zu filtern. Ich merkte schnell: „So einfach war es nicht!"

Die ersten Telefonnummern trafen ein und ich kopierte sie in meine Kontaktliste auf dem Handy. Eine ansehnliche Sammlung hatte ich da beisammen! Neugierig, wie ich nun mal war und um sicher zu gehen, sah ich mir einige Profilbilder der Kandidaten auf WhatsApp an.

Alle sahen sehr nett aus! Aber mit wem sollte ich beginnen?

Henry und Detlev

Dieser Mann gefiel mir. Laut seinen Profilangaben war er weltoffen, weit gereist und sah gut aus, männlich und sympathisch.

„Heute Abend rufe ich ihn an!"

Ich starrte das Telefon an, beherzt wählte ich die Nummer. Es dauerte ein wenig, dann meldete sich eine tiefe, männliche Stimme mit Namen Henry. Das war sein erster Pluspunkt. Zögerlich begannen wir ein Gespräch und wurden immer intensiver. Henry hatte vor Jahren ein Restaurant, Kneipe oder ähnliches im Ausland und war nun als Ruheständler wieder in Bremen. „Ein weltoffener und interessanter Mann.", dachte ich mir. Mein Telefonpartner bemerkte: „Du hast eine sehr angenehme Stimme."

Ansonsten sparte er auch nicht mit Komplimenten. Das tat gut, der zweite Pluspunkt und er machte mich neugierig auf ein persönliches Treffen. Im weiteren Gespräch erfuhr ich von ihm: „Vor kurzem hat mich eine Frau bei einem Treffen in einem Restaurant, einfach sitzen gelassen. Sie wollte ihre Zigaretten aus dem Auto holen. Ich habe gewartet, aber sie kam nicht wieder!" „Nein so ein Benehmen!", stellte ich fest. „Wie kann man so etwas nur machen!"

Wir verabredeten uns für ein Treffen! Er erwähnte, dass er mir eine Rose mitbringen würde. Ich war darüber nicht begeistert, traute mich aber nicht es zu sagen. Treffpunkt sollte ein Restaurant in der Nähe sein, ich hätte es somit nicht weit.

Der Abend war gekommen. Ich restaurierte mich, so gut es ging. Hose oder Kleid? Es war Sommer und sehr warm. Ich entschloss mich für ein Kleid. Schminken - nur ein wenig, die

Haare lagen, ein Blick in den Spiegel, ganz passabel. Besser ging nicht, heute! Was für ein Aufwand für einen Mann, den ich nicht kannte! Aber, es könnte ja durchaus mein nächster Partner werden.

Ich fuhr mit dem Auto auf den Parkplatz des Restaurants und stieg aus. Mein suchender Blick fiel auf den einzigen, wartenden Mann dort. Mich traf der Schlag. Er lehnte am Zaun, und ähnelte nicht im Entferntesten dem Mann auf den Profilbildern. Die Größe stimmte, das war aber auch so ziemlich alles. Irgendwann war er sicher ein gutaussehender Mann gewesen. Aber jetzt sah er abgehalftert und verlebt aus. Enttäuschung und Irritation machten sich in mir breit, aber unhöflich wollte ich nicht sein und steuerte mutig auf ihn zu. Er wedelte mit der Rose, grinste mich unbeholfen an und war offensichtlich positiv überrascht: „Bist du es Saga Frida?" „Ja, ich bin es!"

Ich nahm die Rose in Empfang, verstaute sie in

meinem Auto und wir strebten das Restaurant an. Tapsig wollte er gleich meine Hand nehmen - ich zuckte zurück. Das mochte ich nicht: „Bitte keinen Körperkontakt beim ersten Treffen!" Das hatte ich mir fest vorgenommen. Außerdem gefiel er mir auch nicht besonders. Schnell hatte ich das Gefühl, dass der gute Henry nicht ganz nüchtern war. Aber unhöflich wollte ich nicht sein. Wenigstens noch ins Restaurant, etwas reden, essen und sich dann aus der Affäre ziehen. Wir nahmen Platz!

Eine sehr freundliche, junge Kellnerin kam zu uns an den Tisch, sah mich fragend an. Sie schien zu ahnen, dass wir nicht wirklich ein Paar waren und zusammengehörten. Nach einem Blick in die Speisekarte bestellten wir. Und nun gingen die Fragen los! Er redete und redete, einiges davon ging direkt unter die Gürtellinie. Harmlos war noch die Frage: „Ob ich gerne Sex habe?" Eine Beziehung ohne Sex kam für ihn nicht in Frage. Ok, das war bei einer gut funktionierenden Partnerschaft sicher selbstverständlich. Aber ich musste beim ersten Kennenlernen nicht gleich in die Details gehen. Das schien aber sein absolutes Lieblingsthema zu sein. Meinem Anschein nach, hatte er sich vorher schon mehr Mut angetrunken, als vermutet. Ich mochte das nicht! Das Gerede und die Fragen wurden immer persönlicher, forscher und dreister. Fluchtgedanken kamen in mir hoch. Der Mann wurde mir immer unsympathischer. Betreten sah ich aus dem Fenster hoffte, dass das Essen schnell kommen würde und ich könne danach verschwinden. Sahen die Menschen an den Nachbartischen mich schon mitleidig an oder bildete ich mir das nur ein? Ich antwortete nicht mehr auf seine Fragen, mir wurde heiß und schwindelig. „Ich will nur noch raus hier! Wie habe ich es in Erinnerung, die Dame bei seinem letzten Date war einfach verschwunden? Ich weiß jetzt warum!" Die nächste unhöfliche Frage kam. Im gleichen

Atemzug sprang ich auf, sagte: „Mir geht das zu weit!", verabschiedete mich noch im Weglaufen. Hastig eilte ich zum Tresen und bat die Kellnerin um das Bezahlen, der von mir bestellten Speisen. Sie sah mich verständnisvoll an: „Ich kann ihnen einen Gutschein ausstellen, den sie später einlösen können. Wann immer sie wollen!" Das fand ich sehr nett: „Vielen Dank, das ist sehr nett von Ihnen!" So war der Einsatz für diesen misslungenen Abend nicht vergeblich. Schnell flitzte ich zu meinem Auto auf dem Parkplatz und schloss eilig die Tür auf. Endlich fühlte ich mich wieder sicher! An den von mir am Tisch sitzen gelassenen Henry verschwendete ich keinen Gedanken mehr. Nichts wie weg!

Zuhause angekommen, war ich froh dem Unheil entkommen zu sein. Ich zog mir das Kleid aus, wischte mir die Schminke aus dem Gesicht und machte es mir auf der Couch gemütlich. Das war mein erstes Date gewesen!

Ein paar Tage waren vergangen. Es war Abend und ich rief den nächsten Mann auf meiner Liste an. Sein Name war Detlev, er war 65 Jahre alt und seit drei Jahren Single. Das Telefonat lief irgendwie in die falsche Richtung. Er redete und redete und redete und ich antwortete mit „ja und ach so" ab und zu auch ein „hm aha", damit er merkte, ich war noch am Telefon. Nach 1 ½ Stunden kannte ich seinen Beruf, seine Lebensumstände, seine Familienverhältnisse, seine tollen Hobbys, alle Partnerschaften und Beziehungen in seinem Leben. Scheinbar ein super erfolgreicher Mann, mit super erfolgreichen Kindern und gut situiert obendrein. Von mir erfuhr er so gut wie nichts. Hatte er das überhaupt bemerkt? Endlich neigte sich das Telefongespräch dem Ende zu. Er verabschiedete sich und schien begeistert, wie angenehm das Gespräch gelaufen war. Das mochte sein, aber nicht für mich. Die Telefonnummer wurde gelöscht!

Von den nächsten Telefonaten war ich

ebenfalls enttäuscht. Schnell stellte sich heraus, ob es Gemeinsamkeiten gab, ob mir die Stimme sympathisch war und ob der Mann am anderen Ende der Leitung ehrliches Interesse an mir zeigte. In den meisten Fällen war das nicht der Fall. Sehr oft hatten die Männer das Bedürfnis über sich und ihr Leben zu reden. Das war in Ordnung für mich, aber nicht zielführend. So löschte ich alle erledigten Nummern aus meinem Handy. Übrig war noch eine Nummer, die ich am nächsten Abend anrufen wollte. Vor dem Schlafen gehen teilte ich dem Foto von Kiyan meinen vermeintlichen Frust mit. Er lächelte mir zu. Wenigstens einer, der mir zuhörte und mich verstand!

Waljo

Am nächsten Tag sah ich nach, ob neue Nachrichten auf „My" eingegangen waren. Es befanden sich jede Menge neue Nachrichten in meinem Postfach. Wie sollte ich die alle beantworten? Das würde in Arbeit ausarten und viel Zeit kosten! Hoffentlich fand sich bald ein neuer Partner und ich konnte mich aus der App abmelden. Bevor ich mich mit den neuen Nachrichten beschäftigte, rief ich am Abend die letzte Nummer auf meiner Liste an. Ich musste mit diesem Thema strukturiert umgehen. Sonst würde ich den Überblick verlieren!

Ich wählte die übrig gebliebene Nummer. Es meldete sich ein Mann, mit einer interessanten, aber etwas kicksenden Stimme. Zu meiner Überraschung entwickelte sich ein angenehmes Gespräch. Endlich jemand, mit dem ein normales Telefonat möglich war. Wir tauschten uns aus und die Zeit verging wie im Flug. Gerne wollten wir uns persönlich kennenlernen. Ein Treffen wurde vereinbart! Nach diesem Gespräch hatte ich ein gutes Gefühl!

Zwei Tage später sollte das Treffen stattfinden und ich sah dem schon etwas gelassener entgegen, als beim ersten Mal. Ich achtete zwar darauf, dass ich vernünftig gekleidet und zurecht gemacht war, aber der Aufwand hielt sich in Grenzen. Entweder würde ich ihm so wie ich bin gefallen oder eben nicht!

Wir waren in einem Eiscafé verabredet, und ich fuhr mit dem Auto dorthin.

Gespannt stieg ich aus dem Auto aus und sah vor dem Eiscafé einen Mann stehen. Er kam auf mich zu: „Hallo und guten Tag, du bist sicher Saga Frida!" Ich erwiderte seine Begrüßung freundlich. Er wirkte sympathisch, seine Ausstrahlung und sein Äußeres gefielen mir. Er hatte kurz geschnittene, stoppelige, graue Haare, ein freundliches Gesicht und sah irgendwie verschmitzt und pfiffig aus. Als Kind besaß ich einen kleinen „Mecki" von der Firma Steiff, daran erinnerte er mich ein wenig. Außerdem war er gepflegt und gut gekleidet.

Allerdings war er kleiner als ich erwartet hatte, gerade mal ein paar Zentimeter größer als ich. Zu Kiyan konnte ich aufblicken. Aber egal, ich war flexibel und spontan. So stand es ja auch in meinem Profil.

Wir hatten uns viel zu erzählen, stellten viele Gemeinsamkeiten fest und er gefiel mir immer besser. Das hätte ich fast nicht mehr für möglich gehalten! Bevor wir ein weiteres Treffen vereinbarten, fand ich es an der Zeit über meine Erwartungen zu sprechen. Ich gab ihm klipp und klar zu verstehen: „Ich bin nur an einer festen Beziehung interessiert. Für mich kommen keine unverbindlichen Freundschaften, wie die in Mode gekommenen Freundschaften plus in Frage. Damit kann ich nichts anfangen, ich möchte wissen woran ich bin!" Gut, das hatte ich erwähnt und scheinbar sah er es genauso!

Damit stand einem weiteren Treffen nichts im Wege. Allerdings konnte er seine Termine für die nächsten Tage noch nicht überblicken und gab mir zu verstehen: „Ich melde mich bei Dir!" Wir verabschiedeten uns voneinander. Er teilte mir mit: „Das war ein angenehmes Treffen. Ich freue mich, Dich kennengelernt zu haben!" Ich freute mich auch!

•

Die nächsten Tage vergingen und ich wartete auf den Anruf von Waljo, wie ich ihn hier nennen werde. Seine zwei Vornamen ergaben einen kurzen Spitznamen und ich fand, er passt zu ihm.

Kurz vor dem nächsten Wochenende rief er an. Die Woche hätte er viel zu tun gehabt und Termine wahrgenommen. Klar, das verstand ich gut. Nun hätte er Zeit und wir könnten uns treffen. Am Samstag würde er mich abholen und wir könnten zusammen nach Bremerhaven fahren. Der Samstag kam. Wir hatten ein sehr schönes Treffen und wollten auch weiterhin in Kontakt bleiben. Er verabschiedete sich mit den Worten: „Ich melde mich!"

Wieder vergingen ein paar Tage, bevor er mich anrief. Ja, die Woche ist voll mit Terminen und die Zeit nur begrenzt! Auch für Rentner. Denn Waljo war Rentner, wenn auch mit einem Nebenjob für ein paar Stunden in der Woche. Nachdem er mir eindeutig signalisierte, dass wir auf dem guten Wege einer festen Partnerschaft wären, lud ich ihn zu einem Besuch in meinem Wochenendhaus am See ein.

Es war auf einem Samstag und wir hatten viel Spaß miteinander, lachten, redeten und genossen das schöne Wetter. Abends aßen wir zusammen und tranken etwas Rotwein. Waljo meinte: „Jetzt kann ich aber nicht mehr mit dem Auto nach Hause fahren!" Da hatte er wohl Recht! Er blieb also über Nacht und mir wurde etwas mulmig bei dem Gedanken. Aber ich war ja flexibel und spontan. So ließ ich mich auf das Abenteuer ein. Nach dem schönen

Abend kam eine eben solche Nacht. Am Morgen frühstückten zusammen. Nun waren wir also ein Paar! Darin waren wir uns beide einig - wie schön!

Der Tag verging wie im Flug, es wurde nie langweilig. Am Sonntagabend mussten wir uns leider voneinander verabschieden. „Ja, natürlich sehen wir uns während der Woche wieder. Ich melde mich!" sagte Waljo.

Den Spruch von ihm kannte ich mittlerweile schon zu gut! Etwas enttäuscht war ich schon. Ich hatte auf eine feste Verabredung für die Woche gehofft. Aber ich war da vielleicht etwas altmodisch und orientierte mich an meinen früheren Beziehungen. In der heutigen Zeit war es scheinbar etwas anders. Ich fuhr vom Wochenendhaus ebenfalls nach Hause, denn am Montag musste ich wieder arbeiten. Ich versäumte es nicht Kiyan von dem Wochenende zu berichten. Er lächelte mich heute etwas skeptisch und fragend an.

Tatsächlich rief Waljo mich am Dienstagabend an. Er hätte am Mittwoch Zeit und würde mich in meiner Wohnung gerne besuchen kommen. Warum nicht, wir waren ein Paar und ich freute mich auf ihn. Wir verbrachten wieder eine wunderbare Zeit miteinander. Er wurde mir immer vertrauter und ich fing langsam an mich zu verlieben.

Es war an einem Donnerstagmorgen und ich musste zur Arbeit. Wir verabschiedeten uns voneinander. Wie immer sagte er:

„Ich melde mich!"

So ging es Woche für Woche, Monat für Monat weiter. Ich war glücklich und genoss die Zeit, in der wir zusammen waren. Er war der Richtige, für den Rest meines Lebens, davon war ich überzeugt. Doch so ganz allmählich und langsam machte ich mir Gedanken über seine Unverbindlichkeit. Ich war noch nie bei ihm Zuhause gewesen, er hielt mich aus seinem Leben fern. Sein Bekanntenkreis bestand hauptsächlich aus netten Frauen. Einige kannte er von früher, die anderen hatte er kurz vor mir kennengelernt. Aber alle waren nur, nach seiner Aussage, freundschaftlich mit ihm in Kontakt. Er stand für Ausflüge und Fahrradtouren mit den Damen immer gerne zur Verfügung und reparierte gerne ab und zu etwas in deren Haushalt. Alles rein freundschaftlich - natürlich. Komisch nur, dass er nie den Vorschlag für einen Besuch von mir in seiner Wohnung machte. Alles spielte sich hier bei mir ab. Ich wollte abwarten, wie es sich entwickeln würde.

Die Zeit verging und wir waren das ideale Paar, verstanden uns gut, alles passte prima, es hätte perfekt sein können. Wir verbrachten schöne Zeiten und Tage miteinander. In einem gefühlsbetonten Augenblick, sagte er mir sogar, dass er mich lieben würde. Wie schön! Also beruhte es wohl auf Gegenseitigkeit. Warum hatte ich dann aber das Gefühl, dass irgendetwas nicht stimmte? Sein Umfeld und sein Zuhause kannte ich immer noch nicht. Er lies mich nicht in sein Leben und blieb weiterhin unverbindlich. Ich wurde langsam misstrauisch und empfand es total nervig, wenn ich hörte, dass er wieder eine seiner „Freundinnen" getroffen hatte. Eine der Damen rief ihn sogar während seiner Anwesenheit bei mir an. Sie hatte Probleme mit einem ihrer Elektrogeräte! Nachdem ich etwas genervt reagierte, stellte er sein Handy bei unseren nächsten Treffen aus. Das förderte nicht gerade mein Vertrauen in unsere Beziehung. Er hatte sich an seinem Wohnort ein eigenes ausgefülltes Leben aufgebaut. Was war ich dann für ihn?

Ich sprach das Thema an, weil ich langsam wissen wollte woran ich war. Aha, ich war also seine „allerbeste Freundin"! Wie praktisch für ihn. Er lebte sein Leben und ich war, wenn auch an erster Stelle, eine willkommene Abwechslung. So hatte ich mir das nicht vorgestellt. Nach einigen Diskussionen, etwas

Streit, viel hin und her, entschloss ich mich es genauso zu machen. Vielleicht war das für uns die bessere Lebensform und wir mussten uns nicht gleich trennen. Wenn er es so wollte, dann bitte. „Was habe ich zu verlieren?"

Ich besuchte nach sehr langer Zeit mein Profil in „My". Einfach mal sehen, was dort in der Zwischenzeit passiert war. Ach du liebe Zeit, es gab viele Nachrichten und ich las sie alle. Ein schlechtes Gewissen hatte ich nicht, was Waljo konnte, konnte ich auch! Nach dem Lesen, sortierte ich die Kontakte und löschte den überwiegenden Teil sofort. Besonders gut gefiel mir der Text eines Italieners. Er schrieb sehr höflich und interessant. Ich war mir noch nicht sicher, ob ich ihn anrufen sollte, an diesem Abend.

Nino

Spontan entschlossen griff ich zum Telefonhörer und wählte die Nummer in Italien. Der Italiener meldete sich in sehr gutem Deutsch, mit einem leicht bayrisch klingenden Akzent. Ich sollte schnell auflegen, er würde mich aus Kostengründen gleich zurückrufen. Er teilte mir seinen vollständigen Namen mit, ich werde ihn nach seinem Spitznamen Nino nennen. Es entwickelte sich ein interessantes, und angenehmes Gespräch.

Er hatte die meisten Jahre seines Lebens in Bayern gearbeitet und gelebt. Aus gesundheitlichen Gründen und weil noch Familie in seinem Heimatort lebte, war er nach Italien zurückgegangen. Es ging ihm dort gut, er hatte diesen Entschluss nie bereut, obwohl seine Kinder noch in Deutschland wohnten. Sie besuchten ihn jedes Jahr in Süditalien. Das Meer war nur ein paar Kilometer entfernt, die Gegend schön und sie hatten immer eine gute

Zeit miteinander.

Schnell kam von ihm der Vorschlag: „Du kannst mich doch hier besuchen mein Schatz!" Das war mir dann doch etwas zu schnell. Der Vorschlag für den Besuch und das „Schatz" ebenfalls. Wir vereinbarten ein weiteres Gespräch, auf seinen Wunsch gleich für den nächsten Tag.

Nach dem langen Telefonat war es dunkel geworden. Ich ließ die Jalousien herunter und fragte mich: „Bin das noch immer ich, die eben ein Gespräch mit einem Italiener namens Nino geführt hatte? Obwohl es noch immer den Waljo in meinem Leben gab?" Wenn ich ehrlich war, gefiel mir die ganze Sache selber nicht. Es passte nicht zu mir.

•

Der nächste Tag kam. Wie immer arbeitete ich und wartete auf einen Anruf oder eine Nachricht von Waljo. Aber auch wie immer meldete er sich nicht.

Stattdessen rief Nino wie vereinbart um acht Uhr abends an. Das Gespräch entwickelte sich und wir erfuhren immer mehr voneinander. Er wollte wissen, wie ich aussähe. Mich interessierte es natürlich auch, mit wem ich es dort in Süditalien zu tun hatte. So tauschten wir Bilder aus. Bisher hatten wir ja nur die Profilbilder in „My" gesehen. Er sah auf den Fotos erstaunlich gut aus für sein Alter von 70 Jahren. Allerdings war seine genannte Größe von 1,72 m recht klein für mich, aber kein Hinderungsgrund.

Es war Dienstag und Waljo meldete sich. Er hätte morgen am Mittwoch wieder Zeit für mich. Insgeheim hatte ich die Hoffnung, dass er sich endlich festlegen würde und unsere Beziehung, wenn es denn überhaupt eine war, verbindlicher werden würde. Wie jeden Abend schon seit Wochen, klingelte pünktlich abends um acht Uhr das Telefon. Am anderen Ende war Nino, deutlich zu hören, so als würde er sich in der Nähe aufhalten. Wir fanden immer Gesprächsthemen, es wurde nie langweilig. Er war intelligent und weltoffen, hatte viel erlebt und war gut informiert über das heutige Weltgeschehen. Ich merkte, wie sich durch diese abendlichen Telefonate eine echte Vertrautheit und Nähe entwickelte. Wir hatten uns bisher nie persönlich getroffen, wie war das möglich?

Und Waljo? Meine Gefühle für ihn verdrängte ich, genoss die Zeit während unserer Treffen aber trotzdem. Was für eine verfahrene Situation! Noch nie in meinem Leben hatte ich etwas ähnliches erlebt und auch nie so gehandelt. Die Unzufriedenheit in mir wuchs. Das war eindeutig kein Dauerzustand. Ich wollte klare Verhältnisse!

Ich sollte handeln, konnte es aber irgendwie noch nicht. Der Zeitpunkt war noch nicht gekommen. Wenn ich es mir selber auch nicht eingestand, immer noch hoffte ich auf ein Zeichen, eine Gesinnungsänderung von Waljo. Aber es änderte sich nicht und würde sich auch nicht ändern. Waljo war und blieb unverbindlich. Sein Satz: „Ich melde mich!", war sein Lebensmotto.

•

Im Gegensatz dazu wurde Nino immer zuverlässiger, wenn auch nur per Telefon. Aber auch ungeduldiger - ich solle endlich nach Italien kommen, ihn dort besuchen und kennenlernen. Er hätte ein Gästezimmer, in dem ich übernachten könne. Sollte es nicht passen, so könnten wir einfach nur Freunde bleiben. Darauf gab er mir sein Ehrenwort und ich glaubte ihm. Ich fing an zu überlegen, traute mich aber noch nicht, diese Idee in die Tat umzusetzen.

Es ging auf Weihnachten zu. Die Adventszeit war mir immer besonders lieb. Ich genoss es über den Weihnachtsmarkt zu gehen, mit seinen speziellen Gerüchen und der ganz besonderen Stimmung. Es weckte in mir immer ein Gefühl von weihnachtlicher Vorfreude. Dieses Mal war es anders. Ich schlenderte mit Waljo über den Weihnachtsmarkt und es stellte sich keine Weihnachtsstimmung ein. Ich war unzufrieden mit mir selber, nicht im Gleichgewicht und ständig am Grübeln. So konnte es nicht weitergehen.

Also fasste ich einen Entschluss! Während der Weihnachtstage hatte ich noch genügend Urlaub zur Verfügung. So konnte ich spontan einen Flug nach Bari buchen. Zugegeben etwas teuer, weil Feiertage im Buchungszeitraum enthalten waren. Aber ich nutzte die Gelegenheit und teilte Nino am Abend mit: „Ich komme über Weihnachten, bis nach Silvester und besuche dich!" Er freute sich sehr und ich war froh, dass ich endlich zu einer Entscheidung gekommen war.

Dieses teilte ich bei unserem nächsten Treffen auch Waljo mit. Von den Telefonaten mit dem Italiener wusste er schon länger. Obwohl nicht begeistert, hatte er es als eine unrealistische Spinnerei abgetan, die für ihn keine negativen Auswirkungen haben würden. Doch nun, ich konnte es selber kaum fassen, war es Realität und ich buchte einen Flug nach Bari und zurück über die Weihnachtsfeiertage. Waljo wirkte etwas geknickt und verstimmt, kam aber wieder nicht aus sich heraus. Er meinte nur eindringlich: „Mach das nicht, bleibe hier und sage den Flug ab!" So eine Aussage reichte mir nicht und ich bereitete mich auf das Abenteuer Italien vor!

•

Meine Freundin Ines war etwas beunruhigt und wollte wissen, ob ich es mir gut überlegt hätte. Ja hatte ich! Meine Familie nahm es gelassen hin. Sie kannte mich und meine spontanen Entscheidungen der letzten Jahre.

Einen Tag später brachte ich meine Katze zu einem Bekannten. Er wollte sich während meiner Abwesenheit gut um sie kümmern. Das beruhigte mich sehr.

Es kam der 22. Dezember und ich fuhr mit dem Auto zeitig nach Hamburg. Denn von dort aus ging mein Flug über Bergamo nach Bari. Natürlich nicht, ohne mich vorher noch von Kiyans Bild zu verabschieden. Was er wohl dazu gesagt hätte? Dieses Mal erkannte ich keine besondere Reaktion in seinem Blick. Er lächelte mir zu und ich vermisste ihn. „Wenn du noch hier wärst, könnte ich mir diese ganzen Aktionen sparen.", dachte ich im Stillen. Aber das war ungerecht von mir. Er konnte nichts dafür und hätte sehr gerne noch viele Jahre gelebt.

Ohne Komplikationen fand ich am Hamburger Flughafen, den von mir vorab reservierten Parkplatz und stellte dort mein Auto sicher ab. Der Koffer war schwer geworden, aber immer noch im Bereich des zulässigen Gewichtes. Das Einchecken brachte ich ohne Probleme hinter mich und nach einer geringen Wartezeit saß ich im Flugzeug nach Bergamo. Mein Sitz befand sich am Fenster auf der linken Seite.

Auf der anderen Seite, etwas versetzt nach vorne, saß eine Asiatin. Sie sah sehr mitgenommen aus, war scheinbar erkältet. Ihre Augen waren rot und tränten. Ständig musste sie niesen und war verschnupft. Von den hinteren Reihen kam ab und zu ein jüngerer Mann, sah nach ihr und brachte ihr etwas zu trinken. „Hoffentlich stecke ich mich nicht an.", kam mir in den Sinn. Meine Bedenken legte ich schnell wieder ab. Sie saß nicht unmittelbar in meiner Nähe, beruhigte ich mich.

Während des Fluges hing ich meinen Gedanken nach. Meine spontane Reise hatte doch für einiges Erstaunen in meiner Familie und meinem Freundeskreis gesorgt. Die

Kommentare dazu waren vollkommen unterschiedlich ausgefallen. Einige hatten es als mutig und positiv bewertet, andere waren schlichtweg entsetzt und hatten zur Vorsicht geraten. Mein Sohn war erst beruhigt, nachdem ich ihm eine Kopie des Personalausweises von Nino aushändigen konnte. Somit hatte er zumindest eine Adresse von meinem Verbleib in Italien.

Der Zwischenstopp in Bergamo dauerte mehrere Stunden. Nach langem Warten ging es im Flugzeug Richtung Bari weiter. Die letzte Etappe vor der Ankunft an meinem Ziel wurde ich doch etwas aufgeregt. Was und viel wichtiger, wer würde mich dort erwarten? Meine Ankunft um 23:45 Uhr hatte ich Nino telefonisch durchgegeben, denn er würde mich am Flughafen Bari mit seinem Auto abholen.

Nach der Landung, der Passkontrolle und das Warten auf meinen Koffer, ging ich zielstrebig auf den Ausgang zu. Mit einigen der ebenfalls angekommenen Reisenden zwängte ich mich durch die Enge der Ausgangstür. Vor dem Ausgang warteten viele Menschen auf ihre Freunde und Angehörige, die zu einem Besuch über die Weihnachtstage in ihre Heimat gereist waren. Mein Blick schweifte über die Wartenden und ich entdeckte Nino in der Menschenmenge.

Zweifellos er war es, wenn auch ein wenig anders, als ich ihn mir vorgestellt hatte. Seine Größe von 1,72 m stimmte sicher nicht. Er kam mir kleiner vor. Seine Haare waren weniger und grauer, als auf den Fotos. Er war in seiner Jugend bestimmt ein sehr gut aussehender Mann gewesen. Davon war immer noch einiges übrig. In seinem ovalen Gesicht blitzten schöne braune Augen auf als er mich erblickte. Nino eilte auf mich zu, sichtlich erfreut und erleichtert: „Buonasera, mein Schatz!" Ich gefiel ihm, wie er mir nach seiner herzlichen Begrüßung zu verstehen gab. Ich fand ihn sympathisch, ein für mich typisch, kleiner

Italiener. Ich war gespannt auf das Kennenlernen.

Diesen aufregenden Moment hatten wir Beide nun überstanden. Er schnappte sich meinen Koffer und wir steuerten sein auf dem Parkplatz wartendes Auto an. Es war ein uralter Audi, über 25 Jahre alt. Aber fahrtüchtig und gut in Schuss, wie er mir versicherte. Der Koffer wurde verstaut und es ging in Richtung seines Heimatortes und seiner Wohnung. Nino bemerkte: „Wir werden über ein bewaldetes Gebirge fahren. Es ist der direkte Weg und spart Zeit." Denn mittlerweile war es weit nach Mitternacht. Mir war es recht, denn ich hatte einen langen Tag hinter mir. Von der Landschaft sah ich auf der Fahrt nicht viel.

Die spärliche Straßenbeleuchtung verschwand im Gebirge komplett. Außer den ab und zu im Scheinwerferlicht erkennbaren Bäumen sah ich nichts. So fuhren wir eine Weile, unterhielten uns und ich entspannte mich etwas. Er war mir nicht völlig fremd und mein Vertrauen in diese sonderbare Reise wuchs. „Wir haben die Hälfte der Strecke im Gebirge schon hinter uns!", teilte Nino mir mit. Ich fing an, diese Fahrt zu genießen und versuchte ab und zu einen Blick von der Natur und dem Wald da draußen zu erhaschen.

Plötzlich roch es stark nach etwas Verbranntem. „Da haben sicher Waldarbeiter heute am Tage Holz verbrannt.", bemerkte ich. Nino dachte das Gleiche: „Ja, bestimmt. Ich rieche es auch. Es wurde Holz verbrannt!" Nur seltsam, dass der Geruch immer stärker wurde und so gar nicht mehr nach verbranntem Holz roch.

Als Qualm aus der Motorhaube quoll, wurde mir blitzschnell klar, es brannte irgendwo im Auto. Ich rief aufgeregt Nino zu: „Halt stopp, es brennt vorne im Auto! Siehst Du den Qualm?" Wir hielten an, auf einem Weg mitten im Wald, in einem Gebirge in Süditalien.

Ringsherum war es stockdunkel. Nino machte beherzt den Motorraum auf. Zum Glück hatte er eine Taschenlampe dabei. Es qualmte und stank heftig. Es war aber nicht zu erkennen, was da so vor sich hin schmorte. Nach einiger Zeit verzog sich der Qualm und Nino entdeckte, dass ein Kabel der Klimaanlage kokelte. Gut, dass wir es noch zeitig entdeckt hatten, hier oben im Gebirge.

Was wäre passiert, wenn ein ausgebrochenes Feuer auf andere Teile im Motorbereich übergegriffen hätte? Nino sagte: „Wir können ohne Gefahr, mit ausgeschalteter Klimaanlage und geringem, vorsichtigen Tempo bis zu meiner Wohnung weiterfahren." Ich verließ mich auf sein Urteilsvermögen, etwas anderes blieb mir in dieser Situation auch nicht übrig.

Endlich kamen wir an, in einer engen, typisch südländischen Wohnstraße, die Häuser mit schmalen Gehwegen davor. So ähnlich hatte ich es mir anhand der vorab gesendeten Fotos, auch vorgestellt. Ich war angekommen in Süditalien, ein Ort zwischen dem Absatz und der Spitze des italienischen Stiefels.

Müde von der langen Reise ging ich die Treppe zu seiner Wohnung hoch. Nino folgte mir mit meinem Koffer und dem weiteren Gepäck.

Er wohnte hier zur Miete und zahlte an den Vermieter einen geringen Betrag, der sich auch im Laufe der Jahre nicht erhöht hatte. So hatte er ein gutes Auskommen mit seiner Rente. Hier im Süden Italiens war das Leben noch etwas einfacher und günstiger.

Als Nino die Tür zu seiner Wohnung aufschloss, war ich angenehm überrascht. Die Wohnung war geschmackvoll eingerichtet, sehr sauber und aufgeräumt, mit einem Balkon direkt zur Straßenseite. Er fragte mich: „Wo möchtest du schlafen, im Gästezimmer oder im Schlafzimmer? Ich schlafe dann im anderen, freien Raum." Das fand ich sehr höflich und korrekt von ihm und entschied mich für das

Schlafzimmer. Ich war müde von der langen Reise.

Sein Bad war klein. Ich beeilte mich mit meiner Katzenwäsche, um so schnell wie möglich ins Bett zu kommen. Nachdem ich die Tür vom Schlafzimmer geschlossen hatte und im sauberen, frisch bezogenen Bett lag, schlief ich bald ein. Meine erste Nacht in Italien!

•

Ich wurde am frühen Morgen wach. Licht fiel ins Schlafzimmer durch zwei Oberfenster, die nicht nach außen, sondern zum Flur mit der Treppe zeigten. Nino schien in der Küche etwas vorzubereiten. Ich hörte ihn dort hin und her laufen und herumhantieren. Er war ein Frühaufsteher, wie ich in einem unserer Telefonate erfahren hatte. So stand ich ebenfalls auf und bereitete mich für den Tag vor.

Wir frühstückten zusammen und die Sonne

schien schon vom Balkon aus in die Küche. Diese war quadratisch, rundherum befanden sich die Schränke, die Spüle und der Gasherd. In der Mitte saßen wir an einem schlichten Küchentisch mit Wachstuchtischdecke und vier Stühlen. Alles einfach, typisch süditalienisch, aber sehr sauber. Es gefiel mir hier. Nino als Person gefiel mir ebenfalls. Er war aufmerksam und hilfsbereit. In Gedanken fragte ich mich. „Ist für mich noch mehr als Sympathie möglich?" Im Moment konnte ich diese Frage noch nicht beantworten.

Nach dem Frühstück gingen wir auf seinen Balkon. Dieser war lang und schmal, mit einem schwarzen Gitter versehen, an dem sich die Töpfe mit Rosen aufreihten. Sie blühten alle in verschiedenen Farben. Die Luft war mild und warm. Ich spürte einen Hauch vom Meer in der Luft, obwohl es noch ein paar Kilometer entfernt war. An der gegenüberliegenden Straßenseite war ein Tor nach oben gerollt worden. Im Inneren befand sich eine kleine

Autowerkstatt, in der schon zwei Männer fleißig an einem Fahrzeug arbeiteten.

Sie schauten hoch: „Buongiorno, come stai?".
Nino erwiderte den Gruß und fragte, ob er sein Auto in die Werkstatt bringen könne. Ja, nach Weihnachten würden sie es sich ansehen und reparieren. Bis dahin könnten wir ohne eingeschaltete Klimaanlage fahren, kein Problem.

•

Wir gingen in die Küche zurück. Ganz plötzlich und wie aus heiterem Himmel merkte ich, dass irgendetwas mit mir nicht stimmte. Der Magendarmtrakt machte Probleme, ich fühlte mich krank und bekam scheinbar eine Erkältung. Die Nase lief, der Hals tat weh und ich fühlte mich schlapp. Nino wollte mir heute Morgen das Meer zeigen, nun ging er für mich in die Apotheke, denn Medikamente hatte ich nicht mitgenommen. „Mein Schatz, hier sind die Medikamente für dich!", sagte er und stellt alles Mitgebrachte auf den Küchentisch. Er war wirklich sehr hilfsbereit und mitfühlend. Mit allen Arzneien bestens versorgt, machten wir uns erst am Nachmittag, per Auto, auf den Weg ans Meer. Es war wunderschön und noch sehr ursprünglich. Touristen kamen hier im Sommer hauptsächlich aus dem Norden Italiens.

Ich genoss, verschnupft wie ich war, die frische, salzige Brise. Auf dem Rückweg besuchten wir die Ruinen, der im Altertum von den Griechen, gegründeten Stadt Metaponto. Beeindruckend war auch der erstaunlich gut erhaltene Tempel der Hera. Das Museum war leider geschlossen. Ich war trotzdem begeistert, denn schon immer hatte ich mich für Geschichte und Archäologie interessiert.

Nino war die ganze Zeit aufmerksam und sehr bemüht um mich. Er war besorgt, wegen meiner angeschlagenen Gesundheit. Ich genoss den Tag, das milde Klima und die wunderbare Landschaft. Ab und zu nahm er meine Hand. Und da merkte ich bereits, dass sich bei mir nicht mehr als Sympathie einstellen würde. Körperliche Nähe konnte ich mir nicht vorstellen. Oder noch nicht? Ich war mir nicht sicher.

•

In seiner Wohnung angekommen, erzählte Nino mir beim Essen: „Es gab hier vor einigen Jahren einen erheblichen Wasserschaden am Haus. Nach einem Unwetter mit verheerenden Überschwemmungen, war das Innere der Mauern lange nass. Es bildete sich Schimmel an den Wänden, den ich mit viel Geduld, Arbeit und chemischen Mitteln beseitigt habe. Dieses musste ich im Laufe der Jahre wiederholen, bis der Schimmel vollständig beseitigt war. Bei hoher Luftfeuchtigkeit draußen, schließe ich sofort die Fenster."

Das war sehr schade, denn die Luft draußen

war mild und angenehm. Er hatte scheinbar panische Angst davor, dass sich wieder Schimmel an den Wänden bildete. So waren die Fenster fast immer geschlossen. Außerdem wurden am Tag, wegen der Sonne, überall in den Straßen die Jalousien heruntergelassen. Ich fand es seltsam, dass die Menschen hier im Süden den ganzen Tag in dunklen Räumen verbrachten, obwohl es draußen ein wunderbares, helles Licht gab und das Klima so angenehm war. Aber sie waren es hier im Süden so gewohnt. Im Sommer wurde es sehr heiß und sie schützten sich vor der Hitze. Aber jetzt im Winter, bei den milden Temperaturen, empfand ich es als zu übertrieben.

Außerdem hatten die hinteren Räume in den meisten Häusern keine Fenster. So auch hier in seiner Wohnung. Das Schlafzimmer besaß nur die schon erwähnten Oberlichter, das Gästezimmer hatte überhaupt kein Fenster.

Das war ich nicht gewohnt! Zuhause hatte ich

viel Licht und frische Luft. Meine Erkältung wurde stündlich schlimmer. Fieber hatte ich zum Glück nicht. Aber so einen Schnupfen wie jetzt, hatte ich noch nie im Leben. So ganz war mir nicht klar: „Bin ich erkältet oder entwickle ich eine Allergie?" Vielleicht war noch Schimmel im Mauerwerk oder die verwendeten Chemikalien machten mir zu schaffen.

Es kam Heiligabend. Nino hielt nichts von Weihnachtsschmuck. Das wusste ich schon vor der Abreise. So hatte ich ein wenig Weihnachtliches, wie einen winzig kleinen geschmückten Baum, mitgebracht.

Nino kochte in der Küche, ich hörte ihn hantieren mit seinen vielen Töpfen.

Das Essen war fertig, ein typisch italienisches Gericht mit Pasta, Fisch und Meeresfrüchten. Es war alles sehr lecker und perfekt zubereitet. Nur leider hatte ich wegen der Erkältung kaum Appetit.

Langsam stellte sich bei mir ein Unbehagen ein. „Was mache ich hier eigentlich, so krank und angeschlagen?" Nino war sympathisch, ich mochte ihn, aber nur rein freundschaftlich. Er gab sich so wahnsinnig viel Mühe um mir zu gefallen. Außerdem konnte ich mich einfach nicht damit anfreunden, dass hier im Süden Italiens scheinbar den ganzen Tag Wein getrunken wurde. In der Küche standen etliche Kanister mit Weiß- und Rotwein. Schon nach dem Frühstück trank Nino ein Glas Wein, um seine Tabletten herunter zu spülen. Und so ging es eigentlich den ganzen Tag weiter. Wein hatte hier den Stellenwert wie Wasser und Säfte bei uns Zuhause. „Ob es alle Süditaliener so machen?", fragte ich mich. Wie ich erfuhr, war es hier so üblich, für mich aber war es befremdlich.

●

Ganz plötzlich bekam ich Heimweh. Zuhause feierten sie Heiligabend ohne mich und in vertrauter Runde. Und der Abend hier gestaltet sich nicht sehr weihnachtlich. Ich sah eine deutschsprachige Sendung im Fernsehen, während Nino per PC und Telefon mit seiner Familie kommunizierte. Das war verständlich und ich war sowieso krank.

Es war Zeit ins Bett zu gehen. Jetzt kam mir meine schreckliche Erkältung gerade recht. Natürlich wollte ich in diesem Zustand, wie bisher alleine im Schlafzimmer schlafen. Ich merkte aber, dass er langsam ungeduldig wurde. Er hatte es sich bestimmt anders vorgestellt. Ich fühlte mich schuldig und unwohl. Mein Heimweh wurde stärker und seltsamer Weise kam mir tatsächlich Waljo in den Sinn. Was er jetzt wohl gerade machte? Eine hoffnungslos verfahrene Situation.

Am nächsten Morgen war meine Erkältung so schlimm, dass ich das Gefühl hatte nicht richtig Atmen zu können. Mit Panik dachte ich, dass es doch an dem feuchten Mauerwerk liegen könnte. Und je länger ich bleiben würde, umso schlimmer würde es werden. Ganz plötzlich wollte ich nur noch nach Hause. Allerdings wusste ich nicht, wie ich es Nino ganz vorsichtig beibringen sollte. Er würde sicher nicht begeistert sein, denn ich wollte ursprünglich erst nach Silvester nach Hause fliegen.

Wir machten einen Ausflug mit dem Auto in eine wunderschöne, hügelige Landschaft mit Olivenbäumen. Genießen konnte ich es nicht mehr so richtig. Mich plagten mein Heimweh und die Erkältung. Ich fasste all meinen Mut zusammen und sagte zu Nino, dass ich gerne früher nach Hause fliegen möchte. Ich begründete es mit meinem schlechten Gesundheitszustand. Er war entsetzt und sichtlich verärgert. Wir fuhren schweigend in seine Wohnung zurück.

Er ließ sich herab, mir seinen PC für die Buchung eines Rückfluges zur Verfügung zu stellen. Die Stimmung zwischen uns hatte sich schlagartig zum Schlechten geändert. Er war höflich, aber sehr kurz angebunden. Ich verstand es und ging sehr vorsichtig mit ihm um. Den Rest der gemeinsamen Zeit hier wollte ich Ärger und Streit vermeiden.

Das Buchen eines Fluges war aktuell sehr schwierig und besonders teuer. Nach langem Suchen fand ich einen Flug mit vielen Zwischenlandungen, von Bari über Rom und Amsterdam nach Hamburg. Und hinzu kam noch, dass der Flug schon für den nächsten Tag geplant war. Mir war es recht. Nur Nino wurde nun richtig ärgerlich. Es kostete ihn sichtlich Mühe freundlich zu bleiben.

Als wir am Flughafen in Bari angekommen waren, wuchtete Nino meinen Koffer schweigend aus dem Kofferraum. Ich bedankte mich für die Zeit bei und mit ihm. Er nahm mich in den Arm, irgendwie vertraut, und doch nicht so, wie wir beide es uns erhofft hatten. Eine seltsame Situation. Wir verabschiedeten uns voneinander. Er stieg ins Auto, ich winkte ihm nach und stand alleine vor dem Flughafen in Bari.

●

Ich fühlte mich verlassen, fast bedauerte ich meinen Entschluss nach Hause zu fliegen. Die Nase lief ständig. Ich war immer noch furchtbar erkältet. Ich ging zum Schalter, checkte ein und gab meinen Koffer ab. Der Flug startete in zwei Stunden und ich wartete sitzend in der Abflughalle. Um mich herum rannten die Menschen, schoben und trugen ihr Gepäck in Eile. Es kam mir unwirklich vor, wie in einem falschen Film. Traurig war ich schon, dass alles so gekommen war. „Was stimmt nicht mit mir? Warum habe ich keine tieferen Gefühle für Nino empfunden? Ganz einfach, weil man diese nicht erzwingen kann. Sie kommen von selber wenn es der Richtige ist. Und wieso bin ich so krank geworden?"

Der Flug von Bari nach Rom lief reibungslos ab. Ich entspannte mich allmählich und freute mich auf Zuhause. Der Zwischenstopp in Rom war allerdings recht lang. Viele Stunden musste ich nun auf den Weiterflug nach Amsterdam warten. Es war nicht zu ändern. Ich schlenderte die Gänge auf und ab, sah mir Geschäfte an und holte mir aus einer Apotheke weitere Medikamente. Die Dame in der Apotheke sah mich mitfühlend an. Ich sah schrecklich aus, die Nase und die Wangen waren rot, meine Augen tränten. Es wurde und wurde nicht besser.

Es war Abend geworden und endlich wurde der Flug nach Amsterdam aufgerufen. Wie erlöst saß ich endlich auf meinem Platz im Flugzeug. So langsam kam die Hoffnung zurück, dass ich bald wieder Zuhause sein würde. Es dauerte bis das Flugzeug begann auf die Startbahn zu rollen.

Es rollte langsam und vorsichtig, ohne zu

beschleunigen, bis es plötzlich stehenblieb. Ich saß am Fenster am linken Flügel und konnte alles beobachten. Dann fing es wieder an zu rollen, machte einen großen Bogen und setzte sich in Richtung Ausgangsposition in Bewegung. Wir befanden uns nun wieder dort, von wo das Flugzeug gestartet war. Neben mir saßen Italiener, irgendwo hörte ich englische Stimmen. Ich war die einzige Deutsche in dem Flieger und wollte wissen warum wir nicht gestartet sind. Nach einiger Zeit kam eine Durchsage vom Kapitän auf Italienisch und Englisch. Mit einiger Mühe konnte ich verstehen, dass das Flugzeug auf der linken Seite einen Motorschaden hatte. Der Flug würde gestrichen werden, das Flugzeug über Nacht repariert werden. Sollte alles klappen, würde es morgen Früh in Richtung Amsterdam weitergehen. Ich war müde, genervt und wusste nicht, wie es für mich weitergehen sollte. Die Stewardessen versuchten die aufgeregten Menschen so gut es geht zu informieren und zu beruhigen.

Wir mussten das Flugzeug verlassen und ich fand mich in einer großen Halle wieder. Ich folgte den Mitreisenden aus dem Flugzeug, um den Anschluss nicht zu verpassen. Einige Angestellte der Fluggesellschaft klärten uns über das weitere Vorgehen auf. Alles auf Englisch, ich verstand einiges, aber nicht alles. Neben mir stand zum Glück ein junger Engländer, der sich die Zeit nahm, mir im langsamen Englisch und ganz wenig deutschen Wörtern erzählte, was nun mit uns passieren würde. Wir würden alle mit Bussen in ein Hotel gebracht, in dem wir bis zum Morgen die Nacht verbringen könnten.

Im Hotel angekommen, dauerte es sehr lange, bis alle Reisenden ihre Zimmerschlüssel bekamen. Die Rezeption des Hotels war auf so einen Ansturm zu später Stunden nicht vorbereitet. Irgendwann, endlich war ich im Zimmer angekommen und genoss die heiße

Dusche. Da ich hier W-Lan hatte, konnte ich mit meinem Handy kurze Nachrichten an meine Familie senden. Dann fiel ich ins Bett und schlief bis zum nächsten Morgen tief und fest.

Das Frühstücksbüfett munterte mich am Morgen etwas auf. Die Atmosphäre im Hotel war ruhig und angenehm. Ich hoffte, dass der heutige Tag keine weiteren unvorhersehbaren Überraschungen brachte.

Wir wurden pünktlich von den Bussen abgeholt und zum Flughafen gebracht. Dort gab es dann doch ein weiteres Chaos. Unsere Tickets für die Weiterflüge nach Amsterdam waren nicht mehr gültig. Die Abflugzeiten stimmten nicht mehr auf den ausgedruckten Bordkarten. Die Damen und Herren an den Schaltern telefonierten und beratschlagten, wie das Problem zu lösen sei. Die Schlange der Wartenden vor den Schaltern, in der auch ich mich befand, wurde immer länger. Ich fühlte mich hilflos und krank. Das würde doch häufiger vorkommen, warum waren sie auf solche Fälle nicht vorbereitet?

Endlich hatten sie eine Lösung gefunden, änderten etwas im PC und druckten uns neue Bordkarten aus. Es ging voran. Allerdings dauerte es nun noch einige Stunden bis zum Weiterflug nach Amsterdam mit dem reparierten Flieger. Die Zeit vertrieb ich mir mit Warten. Geduldig war ich nicht mehr.

Ich konnte es nicht fassen. Endlich saß ich im Flugzeug, dem Gleichen wie gestern Abend. Es wurde repariert und sei wieder voll einsatzfähig, wurde uns mitgeteilt. Ich hoffte es! Mulmig war mir aber schon und ich starrte während des Fluges ständig auf die Turbinen links von mir am Flügel.

Ich atmete auf, als wir endlich in Amsterdam gelandet waren. Meine Ohren waren total taub. Der Kapitän hatte den Druck während der Landung nicht genügend ausgeglichen. Sicher war auch meine Erkältung schuld daran, dass ich nur noch alles wie durch Watte hörte. Der Flughafen in Amsterdam war riesig. Wieder musste ich auf den Weiterflug nach Hamburg lange warten. Aber das war mir egal. Ich war meinem Zuhause schon beträchtlich nähergekommen.

Der Flug nach Hamburg ging planmäßig, verlief ohne Zwischenfälle und ich entspannte mich endlich etwas. Allerdings erlebte ich nach der Ankunft am Hamburger Flughafen wieder eine Überraschung. Mein Koffer war nicht mitgekommen. Der hatte den Weiterflug nach Amsterdam verpasst, wurde mir an einer Beschwerdestelle für verlorengegangenes Gepäck mitgeteilt. Am nächsten Morgen sollte er mit einem anderen Flug mitkommen. Ich könne darauf warten oder morgen wiederkommen. Sie könnten den Koffer auch nachsenden.

Ich entschloss mich nach Hause zu fahren und

den Koffer am nächsten Morgen abzuholen. Hamburg war von Bremen zwar einige Kilometer weit entfernt, aber ich traute hier keinem mehr. Wer wusste schon wann und ob überhaupt, ich meinen Koffer je wiedersehen würde. Ich bekam einen Abholschein, suchte mein Auto im Parkhaus und fuhr endlich auf der Autobahn Richtung Bremen nach Hause.

Waljos Ende

Erleichtert war ich wieder in meiner Wohnung angekommen und genoss mein Zuhause, meinen vertrauten Rückzugsort. Meine Katze holte ich nächsten Morgen ab, den Koffer aus Hamburg ebenfalls. Kiyans Bild stand immer noch, wie erwartet, an seinem Platz. Ach wie ich ihn vermisste, gerade jetzt besonders, nach meinem italienischen Abenteuer. „Ich habe dir so viel zu erzählen!", sagte ich in Richtung seines Bildes. Und so erzählte ich ihm die ereignisreiche Geschichte meiner Reise. Er lächelte freundlich und verständnisvoll. Das gab mir Mut und Zuversicht!

Ich war immer noch erkältet, ging aber trotzdem wieder zur Arbeit. Ich hatte Urlaub gehabt und die Arbeit war liegengeblieben. Zu meinem Erstaunen waren viele Kollegen ebenfalls mit einer heftigen Erkältung krank. Es schien auch hier in Bremen viele Menschen erwischt zu haben. Einige der Kollegen waren schniefend auf der Arbeit, andere lagen zu Hause krank im Bett.

Die Erkältung hatte also doch nichts mit dem eventuellen Schimmel an den Wänden von Ninos Wohnung zu tun. Der Schimmel war sicher schon lange beseitigt worden. Es schien ein Virus zu sein, der sein Unwesen trieb. Ich hatte mich vielleicht doch bei der erkälteten Asiatin auf dem Flug nach Bergamo angesteckt. Ob es noch andere Mitpassagiere getroffen hatte?

Nach weiteren drei Wochen klang die

Erkältung langsam ab. Aktuell erschienen nun in den Medien Berichte über einen Virus mit dem Namen „Corona". Der Virus schien gefährlich zu sein! Er war verantwortlich für eine Infektion, mit schweren Symptomen, die einer Grippe oder Erkältung glichen. Gerade in Bergamo waren davon viele Menschen betroffen. Es gab dort viele Kranke und sogar Tote, die dem Virus schutzlos ausgeliefert waren.

Die Krankheit breitete sich rasend schnell in Europa und weltweit aus. Mir kam die erkältete Asiatin auf dem Flug nach Bergamo in den Sinn. War sie nur erkältet gewesen? Woher kam sie genau? „Hoffentlich ist sie noch am Leben!", dachte ich. Vielleicht war es nur ein seltsamer Zufall. Erfahren würde ich es wohl nie.

Nach einigem Zögern rief ich Nino an. Ich wollte wissen, ob er sich bei mir angesteckt hatte und wie es ihm ging. Er war wieder sehr freundlich am Telefon und hatte sich die gleichen Gedanken gemacht, wie ich. Denn auch ihm war die aktuelle Entwicklung durch den Corona Virus bekannt. „Nein, angesteckt habe ich mich nicht. Ich habe wohl ein gutes Immunsystem. Aber du hast es scheinbar tatsächlich gehabt. Sei froh, dass du diese Sache so gut überstanden hast!", meinte er. Wir redeten noch ein wenig über meinen, so unglücklich, verlaufenden Aufenthalt bei ihm, und beschlossen freundschaftlich in Verbindung zu bleiben.

•

Nun da ich wieder Zuhause war, kam mir wie automatisch der Gedanke: „Was Waljo wohl in der Zwischenzeit gemacht hat? Ob er noch an mich dachte?" Sicher war er immer noch sehr beleidigt und nicht gut auf mich zu sprechen. Aber eigentlich kamen wir gut miteinander aus, waren auf einer Wellenlänge. Jetzt merkte ich, wie gerne ich ihn doch gehabt hatte und noch immer hatte. Vielleicht hatte er durch diese Aktion etwas gelernt? Und er hatte gemerkt, dass er mit den Frauen nicht so umspringen konnte. Jedenfalls nicht, wenn ihm eine der Frauen etwas bedeutete. Ich schob die Idee, ihn anzurufen, hin und her. Kam zu dem Resultat, dass ich nichts zu verlieren hätte. Meine Aktivitäten waren im Moment sowieso alles andere als vernünftig, und ich ihn somit einfach anrufen könne.

Dem Bild von Kiyan entnahm ich, dass er zwar immer noch freundlich lächelte, aber sein ungläubiger Gesichtsausdruck zeigte mir klar, was er über mich und meine Eskapaden dachte.

Ich nahm meinen Mut zusammen und rief Waljo an. Er war überrascht, aber nicht unfreundlich. Meine ganzen Erlebnisse der Italienreise hörte er sich ruhig an. Viel sagte er nicht dazu. Ich merkte, so ganz wusste er noch nicht wie er damit umgehen sollte. Am Ende des Gespräches vereinbarten wir ein Treffen.

Nur zum Reden, freundschaftlich verstand sich, natürlich!

Wie schon geahnt, blieb es nicht beim Reden. Wir verstanden uns wieder prima. Es war als hätte die Italienreise nie stattgefunden. Aber würde es auch auf eine „normale" Beziehung hinauslaufen? Ich hoffte es sehr. Endlich wollte ich mit ihm eine völlig normale Partnerschaft führen. Angekommen sein, wie man so schön sagte, aus dem „ich ein wir" machen!

Ein halbes Jahr war vergangen! Der Winter war vorbei, der Frühling auch und es war Sommer geworden! Waljo und ich waren erstaunlicher Weise immer noch zusammen. Aber geändert hatte sich absolut nichts! Nicht in Waljos Lebenseinstellung und seinem Verhalten mir gegenüber. Es ging nach wie vor hin und her. Mal lief es gut, die Hoffnung keimte auf, dann passierten wieder Dinge, die mein Vertrauen in Frage stellten. Warum zum Kuckuck, machte ich das mit, ließ es mir gefallen? Ganz einfach, weil ich noch Gefühle für diesen „störrischen Esel" hatte. Ich konnte nicht einmal ihm die Schuld geben. Er zeigte deutlich, wie er sich eine Partnerschaft vorstellte. Nur ich musste es ja nach so langer Zeit wissen, auf was ich mich eingelassen hatte. So war ich unzufrieden, mit mir, der Situation und mit meinem ganzen Leben! Wie weit hatte ich mich von mir selber entfernt.

Kiyans Bild zeigte mir schon lange nicht mehr, was er von mir und meinen Eskapaden hielt. Er hatte immer nur noch ein skeptisches Lächeln für mich übrig und er hatte Recht! Ich sollte etwas in meinem Leben ändern! Und zwar bald!

Die Sache mit Waljo war beendet. Die Zeit mit ihm bereute ich nicht. Es waren Erfahrungen, die mich unter anderem gelehrt hatten konsequenter zu sein. Nur das Ende schmerzte. Aber das Leben ging weiter, wie man so schön sagte und die Zeit heilte alle Wunden. Nach den alten Sprüchen zu urteilen, war es Generationen vor mir auch nicht anders gegangen. Ich stand voll im Leben, war berufstätig und hatte Freunde und Familie. Aus der Partnersuche zog ich mich vorerst zurück und besann mich auf mich selber!

Aus der Dating App „My" meldete ich mich ab.

Der doppelte Ingo

Wochen vergingen. Ich war ok, mehr nicht. Ich arbeitete, erledigte meine Aufgaben, unternahm etwas mit Freundinnen oder der Familie. Irgendwie fehlte mir doch ein Partner. War es das, was alle ungewollten Single durchmachten? Diese Wechselbäder, zwischen Hoffnung und Enttäuschung machten mir zu schaffen. Sollte das etwa mein Schicksal der nächsten Jahre werden? Hoffentlich nicht!

Ich war wieder in „My" angemeldet. Neues Profil, neues Glück! Ich hatte die Texte und

Fotos angepasst, auf den neuesten Stand gebracht. Und siehe da, schon trafen die ersten Likes, Herzen und Nachrichten ein. Oh je, alles wieder von vorne, Nachrichten schreiben, Telefonate führen, und zu guter Letzt ein Treffen vereinbaren. Meine Begeisterung hielt sich in Grenzen. Aber was hatte ich zu verlieren?

Mutig fing ich wieder mit dem ganzen Prozedere des Online-Dating an. Das erste Telefonat wollte ich am Abend führen. Ich wählte die Nummer und meldete mich artig mit meinem Pseudonym. Sonst würde der Herr am anderen Ende nicht wissen, dass ich es war. Wir redeten das Übliche: „Was machst du beruflich, welche Hobbys, wie ist deine Lebenssituation, welche Beziehungen, was für Vorstellungen für die Zukunft?" Das Telefonat verlief positiv und wir vereinbarten ein Treffen.

Überraschender Weise wohnte, nennen wir ihn Ingo, im selben Wochenendgebiet, in dem auch ich ein Häuschen hatte. Was für ein Zufall. Der Treffpunkt sollte das Wetterhäuschen der Bushaltestelle sein, welches sich am Anfang des Wochenendgebietes befand. Den Treffpunkt kannten wir beide und Corona bedingt, konnten wir dort gut Abstand halten. Er sendete mir Bilder von sich und seinem Garten und Häuschen.

Ingo war pünktlich und brachte sogar eine Thermoskanne mit Kaffee mit. Wie aufmerksam! Wir erfuhren etwas voneinander. Er war 66 Jahre alt, lebte hier, war Rentner, liebte die Natur und wünschte sich eine Partnerin. „Prima, das passt, fast ideal!", dachte ich.

Wir verabschiedeten uns. „Das war ein positives Treffen, welches wir wiederholen sollten!", meinte er beim Abschied. „Ja gerne!", erwiderte ich.

In meiner Wohnung angekommen, rief ich meine Freundin Petra an. Die liebe Petra war im gleichen Portal wie ich und suchte ebenfalls einen Lebenspartner. Sie hatte genauso wie ich, bis heute noch keinen gefunden. Ich musste ihr unbedingt von meinem positiven Treffen heute berichten.

Bevor ich aber mit meinem Bericht ausführlicher beginnen konnte, sprudelt Petra los. Sie erzählte mir von einem netten Mann, den sie kennengelernt hatte. Er hatte sie am Freitag besucht und würde heute Abend wieder zu ihr kommen. Er hieß Ingo, wohnte überraschender Weise im selben Wochenendgebiet wie ich, war berufstätig in Bremerhaven und 56 Jahre alt. Für Petra passte das gut, denn sie war 8 Jahre jünger als ich.

Ich erzählte Petra nun von meinem heutigen Treffen mit einem Mann, der ebenfalls Ingo hieß, hier am See lebte, aber 66 Jahre alt war und Rentner. Petra fand es seltsam und ich auch. Ob es sich wohl um denselben Ingo handelte? Das konnten wir herausfinden, denn ich hatte Bilder von Ingo auf meinem Handy. Diese sendete ich Petra sofort auf ihr Handy und siehe da, die Überraschung war nicht mal so groß. Es war auch Petras Ingo!

Petra war ärgerlich, ich fand es amüsant. Nach einigen Schrecksekunden mussten wir beide lachen. Petra schlug vor, dass ich heute Abend zu ihr kommen solle. Dann würde Ingo uns beide antreffen und das wäre ein Spaß. Aber ich lag schon gemütlich auf meiner Couch in legerer Kleidung und hatte keine Lust noch mal los zu fahren.

So vereinbarten wir, dass Petra mich anrufen sollte, sobald Ingo bei ihr gewesen war, um zu berichten. Es verging gar nicht so viel Zeit, da kam der Anruf von Petra. Sie hatte Ingo gefragt, ob er eine Saga Frida kennen würde. „Nein, die kenne ich nicht. Wie kommst du darauf?", erwiderte er. Daraufhin hat Petra ihm die Bilder auf ihrem Handy gezeigt und unsere Freundschaft und das Telefonat erwähnt.

Kurz und knapp hatte sie ihm zum Schluss mitgeteilt: „Du kannst jetzt wieder nach Hause fahren und bei Saga Frida brauchst du dich auch nicht mehr melden." Ingo hatte sich wortkarg verbschiedet und war schnurstracks aus dem Haus geeilt.

Dumm gelaufen! Petra und ich lachten nun beide über diese Geschichte. Aber wie alt Ingo tatsächlich war und ob er Rentner oder noch berufstätig war, das werden wir nicht mehr in Erfahrung bringen.

Ab und zu sah ich noch in mein Profil in "My" nach neuen Nachrichten oder Ereignissen. Ich bemerkte, dass ich dem nicht mehr so viel Aufmerksamkeit schenkte wie am Anfang. Die Partnersuche wurde zur Routine. Ich kannte die Abläufe, die Vorgehensweise, worauf ich achten musst, und entwickelte mich allmählich zum Profi.

Ich stellte fest, dass es besonders für Frauen in meinem Alter schwieriger wird jemanden passenden zu finden. Die meisten Männer in fortgeschrittenem Alter sahen zwar selber nicht mehr taufrisch aus, wollten aber lieber eine jüngere Frau. Manchmal dachte ich so für mich: „Was willst du alter Klabautermann mit einer jungen, flotten Frau? Das klappt sicher nur, wenn du ihr materiell oder statusmäßig etwas bieten kannst!" Aber gut, diese Arrangements kamen sicher auch vor. Auch waren die Wünsche und Vorstellungen in den Profilen sehr unterschiedlich. Wie sollte man so einen passenden Partner finden! Der Vergleich mit der Nadel im Heuhaufen fiel mir ein.

Auf jeden Fall erhielt ich immer noch Nachrichten. An manchen Tagen trafen viele ein, an anderen keine. Ich beobachtete einen Anstieg der Nachrichten, wenn Feiertage anstanden, die Jahreszeiten wechselten oder die Urlaubszeit nahte. Die Menschen hatten scheinbar zu besonderen Zeiten, das Bedürfnis, diese nicht alleine zu verbringen. Ich antwortete den meisten Nachrichten, telefonierte wenn es zum Austausch der Telefonnummern kam und traf mich mit einigen der Kandidaten. Aber so richtig war nichts Passendes dabei. War ich ein hoffnungsloser Fall?

Mein Sohn kannte die gesamte Historie der Partnersuche und meint nur lapidar: „Deine Ansprüche sind einfach zu hoch! Du musst Abstriche machen!"

OK, vielleicht hatte er Recht. Ich reagierte nun auch auf Nachrichten von Männern, die mich mit ihrem Äußeren nicht so überzeugen konnten. Der Charakter zählt!

Der Narzisst

„Du hast eine Nachricht auf „My"", las ich in meinen Mails. Das nahm ich zur Kenntnis, Euphorie lösten diese Nachrichten schon länger nicht mehr aus. Nach einiger Zeit siegte die Neugier und ich las die Nachricht in meinem Profil. "Sehr nett geschrieben!" fand ich. Daher bat ich um die Telefonnummer. Sie kam prompt und ich rief den Mann an.

Eine sehr sympathische Stimme meldete sich. Das Gespräch verlief locker und interessant. Er lebte in einem Ort in der Nähe meines Wochenendplatzes und würde sich gerne mit mir treffen. Auf der Suche nach einer Partnerin hatte er schon jede Menge Erfahrungen gesammelt. Da hatten wir die ersten Gemeinsamkeiten! Er würde mich morgen abholen, nicht direkt an meinem Wochenendhaus, sondern am Anfang des Gebietes, vor dem dort gelegenen Gasthaus. Das gefiel mir, denn ich wollte ja nicht so viel

Aufsehen erregen.

Das Treffen war am nächsten Tag. Im Moment verbrachte ich die Zeit im Wochenendhaus. Es war sehr warmes Wetter und ich hatte ein leichtes Sommerkleid angezogen. Wie er wohl aussehen wird?

Die Fotos der Profile in den Dating Apps entsprachen nicht immer der Realität. Das hatte ich schon lange begriffen. Es wurde gemogelt, mit dem Alter, dem Aussehen, sowohl bei Männern, als auch bei Frauen. Jedes Treffen war wie eine Wundertüte. Man wusste nie was kommen würde! Aber seine Erscheinung war auf dem Foto sympathisch, und ich war gespannt auf ein Kennenlernen.

Als ich am Treffpunkt war, fuhr ein total auffällig glänzender, glitzernder, blaugrüner, riesiger BMW die Straße herauf und hielt neben mir an. Ein Mann, etwas fülliger stieg aus dem Auto aus und kam mit einem überdimensionalen, gigantischen, bunten

Blumenstrauß auf mich zu. „Ich heiße Thomas.", stellte er sich vor.

Meine Güte, das war nicht das, was ich erwartet hatte! Unauffällig ging anders! Einige Personen saßen im Sommergarten der Gaststätte und sahen interessiert herüber. Nachdem ich den ersten Schock verarbeitet hatte, war es mir peinlich, soviel Aufsehen zu erregen.

Nach einer schnellen Begrüßung stieg ich in diesen Superschlitten ein und versank förmlich im Ledersitz. So ein Auto hatte ich weder jemals gesehen, noch war ich darin mitgefahren.

Nach für mich endlosen Minuten fuhren wir los. Wohin? Keine Ahnung, war auch egal, Hauptsache weg.

Er fragte mich, ob ich damit einverstanden sein würde ein bekanntes Ausflugsziel an der Elbe anzusteuern. "Na klar, gerne!", fiel meine

Antwort etwas kleinlaut aus. Ich musste meine Verwirrung schnellstens in den Griff bekommen.

Während der Fahrt erzählte mir Thomas so nebenbei: „Das Auto ist neu und hat 180.000 Euro gekostet." Er hatte es sich mal eben so gegönnt, denn er hatte gerade eines seiner Häuser, an einen seiner Mieter verkauft. Schnell erfuhr ich wo er wohnte und er fragte, ob ich mir sein Haus ansehen wolle. Mit einem kleinen Zwischenstopp auf dem Weg an die Elbe. Ich saß eingesunken in den bequemen Polstern seines Autos und ganz gegen mein eigentlich stabiles Selbstbewusstsein, war ich eingeschüchtert: „Ja, warum nicht. Das können wir machen." Er hatte nichts anderes erwartet, nickte nur und gab Gas. Der Tacho schnellte auf 220 km und ich wurde in meinen Sitz gedrückt.

Der riesige Blumenstrauß tat mir leid. Er lag auf der hinteren Sitzbank, ohne Wasser, und hatte sicher auch ein Vermögen gekostet.

Als wir an seinem Haus angekommen waren, nahm ich mir vor, es nur kurz zu besichtigen, und dann um die Weiterfahrt zu bitten.

Das Haus war schön, nicht so bombastisch wie das Auto, aber sehr groß. Neben dem Haus befand sich seine Firma. Er war ein erfolgreicher Geschäftsmann und machte dies auch in jedem seiner Sätze klar. Nicht unfreundlich, aber bestimmt.

Dafür war er wahrhaftig keine Schönheit, eher das Gegenteil. Er war mittelgroß und übergewichtig. Das störte mich nicht, wenn die Proportionen stimmen. Aber das war leider bei Thomas nicht der Fall. Gut, was wurde mir von meinem Sohn gesagt, ich solle Abstriche machen. OK, ich war dabei!

Vielleicht war er ja ein wirklich freundlicher Mann, mit einem guten Charakter. Das wollte ich wenigstens herausfinden!

Nach der kurzen Besichtigung seines Heims fuhren wir schnell weiter zum Ausflugsziel.

Er war redegewandt und wusste viel über das aktuelle Weltgeschehen. Langsam verlor ich meine Scheu und genoss den Ausflug. Wir gingen in einem Restaurant essen. Ich sollte mir bestellen, was ich wollte. Er würde bezahlen, das war für ihn selbstverständlich. Ich bevorzugte da eher ein gerechtes Teilen der Kosten. „Daran wirst du dich gewöhnen müssen." meinte er weltmännisch. Das war Neuland für mich, aber irgendwie auch sehr spannend und angenehm.

Wir gingen an der Elbe spazieren. Das Wetter war warm und sommerlich. Viele Familien badeten sogar mit Ihren Kindern in der Elbe. Es gab eine Promenade, an der verschiedene Gastronomiebetriebe ihre Tische und Zelte aufgebaut hatten. An einen der Tische nahmen wir Platz und bestellten etwas zum Trinken. Die Atmosphäre war locker und entspannt. Ab und zu musterte ich mein Gegenüber und stellte mir die alles entscheidende Frage: „Kann ich mir körperliche Nähe mit ihm vorstellen?" Meine Antwort war eindeutig „Nein". Aber dennoch wollte ich abwarten, ob sich da etwas entwickeln würde.

Wir fuhren nach einem, ich musste gestehen, sehr schönen Tag, wieder zurück.

Bevor ich aus der Luxuskarosse ausstieg, machte er mir jede Menge Komplimente und fragte nach einem neuen Termin für ein weiteres Treffen. Am liebsten gleich am nächsten Tag oder einen Tag darauf.

Ich entschied mich für den übernächsten Tag, denn ich musste diese Begegnung und Geschehnisse erst einmal verkraften und überdenken. Leicht benommen kam ich mit dem gigantischen Blumenstrauß im Arm, an meinem Wochenendplatz an.

Meine Nachbarin Vera kam aus ihrem Haus,

sah mich mit dem Blumenstrauß und grinste. „Das war ja scheinbar ein tolles Date, bei dem Blumenstrauß", meinte sie. Ich ging zu ihr auf einen Kaffee. Sie war mir eine sehr gute Freundin geworden, mit der ich alle meine Geheimnisse teilte. Ich erzählte ihr den ganzen Verlauf des Tages. Auch, dass ich Thomas sympathisch und interessant fand, aber leider nicht anziehend.

Vera hörte sich meinen Bericht schweigend an, bemerkt dann aber: „An deiner Stelle würde ich dieses Mal nicht so lange mit einer Entscheidung warten. Beende es frühzeitig, wenn du merkst, dass da nichts weiter als Sympathie ist! Freundschaften hast du schon genug!" Sie hatte Recht, das war mir auch schon durch den Kopf gegangen. Dennoch war ich verunsichert, ob ich dem Ganzen noch eine Chance geben sollte. Ach nein, ich wollte doch konsequent sein! Am Abend wollte ich ihn anrufen und alle weiteren Aktivitäten absagen.

Aber es kam anders!

Es war Abend und ich war gerade mit allem fertig geworden. Besonders den riesigen Blumenstrauß in einer Vase unterzubringen, war eine Herausforderung. Zum Schluss war er in einem kleinen Eimer gelandet.

Da klingelte das Telefon und Thomas war am anderen Ende der Leitung. Meine Güte konnte der Mann reden, charmant, einfühlsam und mit angenehmer Stimme, zeigte er viel Interesse an meinem Befinden. Ich war von so viel Aufmerksamkeit hin und weg. Da kam mir der gleichgültige Waljo in den Sinn. Soviel liebevolle Zuneigung, hatte ich schon lange nicht mehr erlebt. Das tat meinem angeschlagenen Selbstbewusstsein richtig gut. Natürlich beendete ich den Kontakt nicht, sondern ging auf die Verabredung für den übernächsten Tag ein. Irgendwie war ich auch neugierig und es war einfach spannend, was noch passieren würde.

Am nächsten Tag holte er mich ab. Wir machten eine Tour, entlang der Nordseeküste. Er hatte alles geplant. Mich überraschte er mit dem nächsten gigantischen Blumenstrauß. Obwohl der Erste noch wie frisch in einem Eimer stand. Ich bekam ein Kompliment für mein Kleid. Das hatte bisher auch niemand wirklich gemacht. Ein gepflegtes, gutes Aussehen war eher selbstverständlich für die Herren.

Der Tag war schön und ich genoss die Abwechslung. Er war Mr. Charming in Person. Erstaunlicher Weise hielt er sich auch selber für einen Casanova. So nebenbei erzählte er mir, dass er in seinem Geschäftsleben, bei allen Frauen sehr beliebt sei. „Ich bin eben ein Frauentyp.", bemerkte er lässig. Irgendwie stand das krass im Gegensatz zu seinem Äußeren. Er hielt sich für extrem gutaussehend, ich sah das anders. Tief im Inneren fragte ich mich wieder, ob ich mir Nähe und Intimität mit ihm vorstellen konnte. „Nein, kann ich nicht.", musste ich mir leider eingestehen. In was für eine Zwickmühle war ich da wieder hineingeraten? Wie war das mit der Konsequenz in Zukunft? Mal wieder konnte ich mich selber nicht verstehen. Er rief gegen Abend an, wie jeden Abend.

Ich kannte seine Lebensumstände, seine Finanzen, wie viel Häuser er hatte und am schlimmsten, wie er sich die Zukunft mit mir vorstellte. Er hatte klare Ideen von seiner/unserer Zukunft. Entweder sollte ich zu ihm in sein Haus ziehen oder wenn es mir nicht gefallen würde, würde er ein Haus in der Nähe meines jetzigen Wohnortes kaufen.

Bei der Vorstellung wurde mir ganz mulmig zumute. Diese Themen waren viel zu früh zur Sprache gekommen. Am Anfang jeder Beziehung war erstmal ein Kennenlernen wichtig. Gemeinsame Zukunftspläne waren da noch nicht angebracht. Ich musste mich bald entscheiden, ob ich diese Sache weiterlaufen lassen wollte oder beendete! „Ein letztes Treffen! Und dann eine Entscheidung!", dachte ich

Wir trafen uns zu Essen in einem Restaurant. Der nächste riesige Blumenstrauß wartete schon auf mich. In seiner Gegenwart fühlte ich mich wie eine Prinzessin. Das war einfach zu schön, um wahr zu sein.

Beim Abschied überreichte Thomas mir einen Briefumschlag. Ich vermutete er hätte einige nette Worte zu Papier gebracht. An meinem Wochenendhaus angekommen, öffnete ich den Umschlag. Er enthielt einen Brief in dem stand, dass ich mir ein schönes Kleid kaufen solle und 500,- Euro. Entsetzt starrte ich beides an, den Brief und die 500,- Euro. Ich entschloss mich den Umschlag mit Inhalt zurück zu geben. Dieses Geschenk würde ich auf keinen Fall annehmen! „Schade, dass es für mich so gar nicht passt!", kam mir in den Sinn.

Aber was ließ mich vor einer körperlichen

Berührung mit ihm derart zurückschrecken? Ich konnte mich selber wieder einmal nicht verstehen. Warum ergriff ich nicht die Gelegenheit, für ein schönes, angenehmes und sorgenfreies Leben? „Nein, es geht nicht. Und je länger ich es hinauszögere, desto schwerer wird es, die Sache zu beenden.", wurde mir klar. Somit war die Entscheidung gefallen!

•

Es war Abend und dieses Mal rief ich ihn an. Ganz vorsichtig schilderte ich meine Empfindungen und Bedenken, versuchte ihn nicht zu verletzen. Irgendwie schien er es nicht zu verstehen, war sehr ärgerlich und wurde richtig böse. Das Gespräch ging in eine unerwartete Richtung. Ich wurde regelrecht auf das Übelste beschimpft. Erschrocken und entsetzt beendete ich das Gespräch. Danach folgten jede Menge unfreundliche Nachrichten auf WhatsApp.

Ich dachte er würde sich schon wieder

beruhigen und es würde bald aufhören. Falsch gedacht! Am nächsten Morgen waren wieder viele Beschimpfungen von ihm in meinem WhatsApp. Obwohl ich ihn überall blockiert hatte, kamen trotzdem noch Anrufe und Nachrichten. Er hatte scheinbar mehrere Telefone und Handys. Er rief mich mit immer neuen Nummern an. Mal war er wieder freundlich und charmant. Sobald er aber merkte, dass er so nicht weiterkam, wurde er ausfallend und sehr verletzend.

Dann hörte ich ein paar Tage nichts mehr.

Dafür fand ich am Morgen einen Brief in meinem Briefkasten. Der Brief war nicht adressiert, hatte keine Briefmarke. Er musste also hier gewesen sein und den Brief persönlich eingeworfen haben. Oder einer seiner Leute hatte es für ihn erledigt. Das Schreiben war derart unfreundlich und böse, dass mir der Atem wegblieb. Was für eine Verwandlung von einem liebevollen, aufmerksamen Mann, zu einem wütenden, hasserfüllten Monster. Ich konnte es nicht glauben.

Dann kam noch ein weiterer Brief von ihm. Er schrieb mir, dass er nun eine Lebensgefährtin kennengelernt hätte, die auch gleich bei ihm einziehen würde. Ich solle doch nicht glauben, dass er sich nur mit mir getroffen hätte. Nein, natürlich hätte er noch weitere Kontakte gehabt.

„Was für eine freudige Nachricht!", dachte ich erleichtert. Da war ich noch einmal mit einem blauen Auge davongekommen! Die andere Frau tat mir leid. Aber vielleicht konnte sie damit gut umgehen. Und sie würde sich bei den vielen Annehmlichkeiten, der Situation und dem Mann anpassen. Ich wünschte es ihr!

Okko

Heute regnete es. Der Sommer war vorbei, der Herbst neigte sich ebenfalls dem Ende zu. Ich dachte an die letzten Monate zurück.

Irgendwann war die Partnersuche zu einer echten Herausforderung geworden. Es musste doch jemanden geben, mit dem eine Beziehung möglich war, mit einigen gleichen Interessen und Lebenseinstellungen, Verständnis für einander und einer Anziehung auf beiden Seiten. „Prinzessin wovon träumst du nachts" fiel mir dazu ein.

Ich war nur noch auf dem Dating Portal um mich nach erfolgreicher Partnersuche endlich abzumelden. Es war ermüdend und nervig, Nachricht um Nachricht zu schreiben und zu empfangen, ständig Telefonate zu führen, ein Treffen nach dem anderen zu überstehen.

Ich kam mir vor wie im Sog eines Wirbelsturms, der sich immer schneller drehte und mich mit sich nahm. „Nur wohin? Wo werde ich landen, mit und oder bei wem?" Ich hatte das Gefühl, dass es wieder Zeit war sich abzumelden. Einfach um dem Thema nicht mehr so viel Raum in meinem Leben zu lassen. Morgen würde ich mein Profil löschen, ich nahm es mir fest vor.

Es war Abend, und nach einem langen Arbeitstag war ich endlich Zuhause in meiner Wohnung in Bremen. Meine Katze begrüßte mich, wie jedes Mal, wenn ich zurückkam. Nach einem Telefonat mit meiner Freundin Ines, die sich meinen Frust geduldig angehörte hatte, beschloss ich mein Profil zu löschen.

Ich öffnete "My" um das Profil zu löschen und sah, es waren wieder einige Nachrichten eingetroffen. Die Neugier war zu groß, ich konnte nicht widerstehen und ich begann die Nachrichten zu lesen. „Natürlich nur bevor ich das Profil endgültig lösche!" beruhigte ich mich selber.

Die Nachrichten wurden nach dem Lesen eine nach der Anderen gelöscht. Es war nur noch eine Nachricht übrig. Und diese gefiel mir sehr! Sie war freundlich geschrieben, fehlerfrei und gut formuliert. Ich war beeindruckt. Das war nicht selbstverständlich! Oft waren gravierende Fehler im Text der Nachrichten. Oder einfach nur respektlos und unverschämt in der Ausdrucksweise. Der Text: „Haste mal Lust auf einen Kaffee!" war da noch der Harmloseste. Die anderen Beispiele werde ich hier jetzt nicht wiedergeben. Sicherlich könnt ihr euch denken, wohin sie zielen.

So, die Nachricht gefiel mir! Da war ich neugierig auf das Profil dieses netten Mannes. Auf seinem Foto sah er sympathisch aus. „Kein George Clooney, aber durchaus gutaussehend!", kam mir in den Sinn. Die Texte und persönliche Angaben in seinem Profil waren ebenfalls positiv. Er schien mir ein netter, bodenständiger, normaler Mann zu sein. Seine Interessen deckten sich mit meinen.

Naturbegeistert, tierlieb, offen für Kultur und Ausflüge, war ich ebenfalls. Das passte ja prima!

Nun fiel mein Blick auf seinen Wohnort. Ach du liebe Zeit, er lebte in Ostfriesland. Das war nicht gerade "um die Ecke", wie man bei uns in Bremen so treffend sagte. Ich stellte fest, dass die Entfernung ca. 85 km betrug, ein Zeitaufwand von 1 – 1 1/2 Stunden.

Ok, aber ein Telefonat mit ihm war unverbindlich und verpflichtete zu nichts. So antwortete ich auf seine Nachricht und bat um seine Telefon- oder Handynummer. Diese traf tatsächlich recht zeitnah ein. Er bat darum, dass ich ihn abends anrufen sollte. Denn er war berufstätigt und käme spät von der Arbeit nach Hause. Mein Profil auf "My" schloss ich, aber löschen würde ich es bis auf weiteres doch nicht.

Gespannt rief ich den freundlichen Mann, mit der positiv, überzeugenden Nachricht an.

„Okko Wiemers, hallo wie gehts?" meldete sich eine sympathische Stimme am anderen Ende der Leitung. Es begann ein sehr unkompliziertes und offenes Gespräch. Wir tauschten uns aus, über unsere Lebensumstände und Vorstellungen für die Zukunft. Er war tatsächlich der erste Mann, bei dem ich gleich im ersten Telefongespräch, das Gefühl hatte, es könne sehr gut passen. Wir verabschiedeten uns erst nach fast einer Stunde voneinander, denn Okko musste morgens für die Arbeit früh aufstehen. Allerdings wollte er mich am nächsten Abend anrufen. „Wie schön, endlich jemand der verbindlich ist und klare Vorstellungen hat.", dachte ich positiv überrascht. Auch er wünschte sich eine feste Beziehung. „Ist das die Nadel im Heuhaufen, die ich schon so lange suche?" wagte ich zu hoffen.

Es waren ein paar Wochen vergangen, und wir telefonierten jeden Abend miteinander. Pünktlich rief Okko mich nach seiner Arbeit an.

Er schilderte mir, von wo aus er anrief: „Ich sitzt an einem Tisch in einem Erker im Wohnzimmer und kann in den Garten sehen". Im Hintergrund hörte ich einen Vogel singen, so laut und deutlich als wäre er direkt neben dem Telefon. Okko meinte: „Der Vogel sitzt jetzt abends immer oben auf dem Schornstein und singt." „Wie schön!", erwiderte ich.

Es gab zwischen uns immer viel zu erzählen. Okko hatte einen wunderbaren Humor, der mich aufmunterte und über den ich oft herzhaft lachen konnte. Die Telefonate waren zu einem festen Bestandteil in meinem Leben geworden.

●

Obwohl die Corona Pandemie gerade einen Höhepunkt erreicht hatte und wir eine Ausgangssperre ab 21:00 Uhr hatten, wollten wir uns treffen. Wir verabredeten uns in einer Fußgängerzone nahe der Weser. Ich schickte ihm die Wegbeschreibung auf sein Handy und plante das Treffen für uns Beide. Ich beabsichtigte mit ihm die Fußgängerzone zu besuchen und dann an der Weser spazieren zu gehen. Danach könnten wir bei mir Zuhause Kaffee trinken. Die Restaurants und Cafés hatten alle durch Corona geschlossen.

Dann kam der Tag an dem wir uns treffen wollten. Ich freute mich und war aufgeregt und gespannt ihn endlich persönlich kennenzulernen.

Um 14:00 Uhr trafen wir beide fast zeitgleich am vereinbarten Treffpunkt ein. Er war pünktlich, das gefiel mir, denn darauf legte ich, neben Ehrlichkeit großen Wert.

Erstaunt war ich nur über sein Äußeres. Mit dem Mann auf seinem Profilbild hatte er zwar Ähnlichkeit, sah aber um Jahre älter aus. Auf dem Foto hatte er schwarze Haare und ein jüngeres Gesicht. Das Foto passte zu seiner Altersangabe von 58 Jahren im Profil von "My". Aber die Wirklichkeit sah ein wenig anders aus.

Ich hatte schon Bedenken, dass ich mit meinen 63 Jahren zu alt für ihn sein würde.

Aber der Mann der mir jetzt gegenüberstand, war mit Sicherheit keine 58 Jahre alt. Okko hatte statt der schwarzen Haare einen Kranz von grauen Haaren und oben auf dem Kopf eine Glatze. Im ersten Moment war ich enttäuscht. Aber sein Gesichtsausdruck war verschmitzt und sympathisch. Er war klein, etwas größer als ich und etwas rundlich. Seine körperliche Erscheinung sah nach Sport und Training aus. Ich beschloss das weitere Treffen abzuwarten. Aber einige Fragen würde ich ihm stellen müssen!

Trotz der ersten Überraschung fiel die Begrüßung recht herzlich aus. Okko war nur zwei Zentimeter größer als ich und hatte einen kleinen Bauch und eine etwas kräftigere Figur. Mir gefiel er so wie er war.

Wir gingen Spazieren, erst in der Fußgängerzone, dann an der Weserpromenade.

Das Wetter war frisch, nicht kalt, aber windig. Okko nahm meine Hand und ich empfand das als angenehm. Ich war überrascht, in seiner Gegenwart fühlte ich mich auf Anhieb wohl. Außerdem war er mir durch die vielen Telefonate so seltsam vertraut.

Im Laufe des Spazierganges sprach ich die vermutliche Differenz in seinem Profil, zu seinem tatsächlichen Alter an. „Warum hast du dich in deinem Profil bewusst jünger ausgegeben?", wollte ich von ihm wissen. Es war ihm kein bisschen peinlich. Er grinste und meinte: „Stimmt, ich bin 68 Jahre alt, und das Foto in "My" ist schon älter. Das habe ich extra gemacht, damit sich keine alten Frauen melden. Hätte ich mein wahres Alter angegeben, wären sicher auch Nachrichten von Frauen über 70 gekommen!"

Dieses Argument gefiel mir nicht! Ich sah auf den Fotos immer um einige Jahre jünger aus, aber auf die Idee, mich in der Altersangabe jünger zu machen, war ich nie gekommen. Außerdem fand ich solche Mogeleien nicht gut. Es kam wie man eben gerade gesehen hat, ja doch irgendwann raus. Das war ja alles nicht so erfreulich!

Trotzdem konnte auch das meine Sympathie für Okko nicht beeinflussen. Wir steuerten eine Bank an der Weserpromenade an und setzten uns. Okko rückte eng an meine Seite. Wir unterhielten uns, sahen den Schiffen auf der Weser und dem Treiben an der Promenade zu. Am Wochenende war hier viel Betrieb. Spaziergänger gingen die Wege auf und ab, Jugendliche trafen sich hier und Familien spielten mit ihren Kindern.

Okko legte seinen Arm um mich und wollte mich tatsächlich küssen. Hier direkt in der Öffentlichkeit, vor all den vorbeiziehenden Menschen. Ich empfand das unpassend und viel zu früh. „Bitte, das ist mir zu früh. Wir haben uns gerade persönlich kennengelernt.", wich ich zurück. Ich ließ lediglich einen schnellen, flüchtigen Kuss auf den Mund zu, und war ziemlich irritiert über sein Verhalten.

Nach einigem Smalltalk kam er schnell zur Sache. Er erkundigte sich über meine Wohnsituation, was ich an Miete bezahlen würde und wieviel Einkommen ich hätte.

Das fand ich nun extrem unpassend für ein erstes Treffen. Ich war erstaunt! „Ist das vielleicht ein Heiratsschwindler, ein Mann, der es auf finanzielle Vorteile bei den Damen abgesehen hat?", schoss es mir durch den Kopf. Schnell machte ich ihm klar, dass ich finanziell mein Auskommen hätte, aber über keine Reichtümer verfüge. Damit wäre das auch geklärt.

Trotz all der Merkwürdigkeiten, die ich heute mit ihm erlebt hatte, lud ich ihn zum Kaffee zu mir nach Hause ein. Seltsam, bei allen anderen Kandidaten hatte mich die winzigsten Kleinigkeiten sofort gestört und bei ihm sah ich über alles hinweg. Er hatte etwas, was mich anzog und neugierig machte.

Beim Kaffeetrinken erzählten wir uns viel und die Zeit verging wie im Fluge. Unvermittelt, zwischen Kaffee trinken und Kuchen essen sagt Okko plötzlich: „Ich liebe Dich!" Wieder war ich total irritiert und wusste nicht, wie ich darauf reagieren sollte. Das war eindeutig zu früh für solche tiefgründigen Feststellungen und passte überhaupt nicht in die Situation. Ich überging das Gesagte und setzte das Gespräch unverfänglich weiter.

Verhalten und unauffällig beobachtete ich mein Gegenüber am Kaffeetisch und fragte mich, wie vorher schon so oft: „Kommt für mich eine Beziehung mit Okko in Frage und ist da eine Anziehung vorhanden?" Die Antwort überraschte mich selber, denn sie lautete: „Ja!". Erstaunlich, nach allem was ich heute mit ihm erlebt hatte.

Obwohl wir uns gut verstanden, viel lachten

und es noch viel zu erzählen gab, erwähnte ich so nebenbei die Ausgangssperre von 21:00 Uhr in Bremen und Niedersachsen. Es war also Zeit für ihn sich auf den Heimweg zu machen. „Ich möchte ihn erst besser kennenlernen, einige Dinge heute waren doch recht seltsam in seinem Verhalten.", dachte ich. Er war damit einverstanden und wir verabschiedeten uns recht herzlich. Er wollte mich anrufen, wenn er Zuhause angekommen wäre. Der Weg war weit und bis 21:00 Uhr musste er die Fahrt geschafft haben.

Spät am Abend rief Okko mich an. Ich freute mich, seine Stimme zu hören. Alle Bedenken hatte ich bei Seite geschoben. Und das erste Mal nach langer Zeit, war ich richtig zufrieden und glücklich. „Er tut mir gut, der kleine Schlawiner!", stellte ich fest.

Mit Okko erlebte ich endlich das, was ich mir schon so lange gewünscht hatte. Er rief mich jeden Abend an und war zu einem festen

Menschen in meinem Leben geworden. Ich war gerne mit ihm zusammen, fühlte mich wohl und genoss einfach seine Nähe. Er kam an den Wochenenden zu mir und ich freute mich auf diese Tage. Alles war scheinbar perfekt! Wirklich alles?

Es gab da einen Punkt, mit dem ich mich nicht anfreunden konnte. Es zeigte sich, dass er im Gegensatz zum ersten Treffen, immer unpünktlich war! Nicht um ein paar Minuten, oder eine halbe Stunde. Nein, er kam immer um eine oder sogar mehrere Stunden später als vereinbart. Das war ärgerlich, da wir oftmals etwas geplant hatten, was dann nicht mehr stattfinden konnte. Oder ich hatte Mahlzeiten zubereitet, die ich stundenlang warmhalten musste. Mir war nicht ganz klar, was ich davon halten sollte. Konnte oder wollte er nicht pünktlich sein? Heimlich nannte ich ihn: „De untiedig Ostfrees!" Hochdeutsch übersetzt hieß dies: „Der unpünktliche Ostfriese!" Ich fand es passte perfekt!

„In der Woche habe ich keine Zeit für mein Haus und meinen Garten. Es bleibt viel Arbeit liegen, die ich eben am Samstag erledigen muss. Außerdem genieße ich es, am Wochenende etwas mehr Zeit in meinem Zuhause und mit meiner Familie zu verbringen.", machte Okko mir unmissverständlich klar. Somit verabredeten wir uns erst für den Samstagnachmittag zum Kaffee. Leider funktionierte das nicht, denn er traf regelmäßig ein paar Stunden später ein. Die Kaffeezeit war meistens lange vorbei und wir aßen nur zu Abend. Weil es mich ärgerte und belastete, war es für mich ein Problem, über das wir oft sprachen. Okko war da anderer Ansicht und meinte so nebenbei: „Wenn es für dich ein Problem ist, werde ich mich in Zukunft bemühen pünktlicher zu sein!" Diese Aussage klang für mich nicht sehr glaubwürdig und diente scheinbar dem Zweck, das lästige Thema zu beenden. „An seinem Verhalten wird sich nichts ändern!", war ich mir sicher.

Es war Sommer geworden und wir waren nun an den Wochenenden in meinem Häuschen am See. Okko fühlte sich hier wohl und genoss die Aufenthalte, genau wie ich.

An einem Samstag um 17:00 Uhr waren wir bei einem Nachbarn zum Grillen eingeladen. Er hatte Geburtstag und es war das erste Mal, dass Okko und ich zusammen die Nachbarn besuchen wollten. Ich freute mich, dass wir nun auch in der Nachbarschaft als Paar wahrgenommen wurden. Meine Freundin Vera kam ebenfalls mit, aber alleine. Sie hatte aktuell keinen Partner.

Ich hatte Okko gebeten, wenigstens dieses eine Mal pünktlich zu sein und eine viertel Stunde eher zu kommen, so dass wir noch Zeit hätten, seine Sachen zu verstauen. Ich war der festen Überzeugung, dass er dieses Mal wirklich pünktlich erscheinen würde.

Aber nein, ich wartete bis kurz vor 17:00 Uhr, dann ging ich zu Vera um sie abzuholen. „Wo ist Okko denn? Ist er noch nicht gekommen!", fragte sie mich und sah mich besorgt an. „Nein, er ist wieder einmal nicht pünktlich!", gab ich kleinlaut zu verstehen.

Vera und ich machten uns auf den Weg zu unserem Nachbarn. Ich fühlte mich schlecht dabei. Wir waren zusammen eingeladen worden und nun kam ich alleine dort an. Es war mir unangenehm, ich war traurig, aber auch sehr ärgerlich. Vera sagte unterwegs: „Das Verhalten von Okko ist wirklich unmöglich, und auch unverständlich. Er weiß doch, dass wir eingeladen sind. Warum kann er nicht wenigstens heute pünktlich sein? Das würde ich mir an deiner Stelle nicht mehr gefallen lassen!"

Sie hatte Recht!", dachte ich aufgebracht. Der Ärger stieg in mir hoch. Kurz entschlossen, wählte ich Okkos Handy Nummer. Er meldete sich nach einiger Verzögerung und meinte: „Ich bin unterwegs, und bald da!" Er beendete das Gespräch, bevor ich noch etwas sagen konnte. Diese Antwort hatte ich in der letzten Zeit schon zu oft gehört. Mit „bald da" war meistens noch eine oder mehrere Stunden gemeint.

Bisher hatte er sich nie für seine Unpünktlichkeit entschuldigt. Im Gegenteil, Okko fand sein Verhalten zwar nicht ganz korrekt, konnte aber meine Reaktionen darauf nicht verstehen. Nach seiner Meinung war ich es, die seine Unpünktlichkeit störte und vollkommen überzogen darauf reagierte. Er manipulierte mich so geschickt, dass ich mich nach solchen Situationen oder Gesprächen verunsichert und schuldig fühlte. Und zu allem Überfluss noch nach Fehlern in meinem Verhalten suchte.

An diesem Tag war es besonders schlimm für mich. Wir waren bei Nachbarn eingeladen und ich ärgerte mich besonders über sein respektloses und gleichgültiges Verhalten. In dieser Verfassung ging ich nun zu den Nachbarn und musste mir dort eine Entschuldigung einfallen lassen! Ärger stieg in mir hoch.

Mein Unbehagen wurde größer, ich fühlte mich nicht ernst genommen, musste einfach handeln und wähle erneut Okkos Nummer auf meinem Handy: „Du brauchst gar nicht mehr zu kommen. Am besten fährst du gleich wieder nach Hause!", fuhr ich ihn ungehalten an. Er erwiderte kurz: „OK!" Dann war Funkstille und das Gespräch beendet.

Vera sah mich an und nickte zustimmend: „Das war richtig und notwendig!", bemerkte sie. Ich fühlte mich erleichtert und zufrieden mit meiner Reaktion. Endlich hatte ich gezeigt, dass meine Geduld Grenzen hatte und ich mir nicht alles gefallen ließ!

Der Grillabend fand auch ohne Okko statt. Ich

dachte mir keine Ausrede aus, sondern schilderte es so, wie es tatsächlich war. Alle fanden meine Entscheidung richtig. Und es wurde noch ein schöner und entspannter Abend.

Es waren zwei Tage vergangen, seit dem verhängnisvollen Ereignis und mir ging es nicht gut. Ich wurde immer trauriger, ich vermisste ihn, den kleinen Okko. „Habe ich mal wieder zu spontan und unüberlegt gehandelt? Wäre eine weitere Aussprache sinnvoll gewesen? Das führt zu nichts, wenn ein Mensch nicht merkt, dass er falsch handelt, sondern dem Anderen noch die Schuld gibt.", dachte ich resigniert.

Alles andere hatte zwischen uns so wunderbar gepasst. Weitere Probleme gab es nicht, nur diese verflixte Unpünktlichkeit. Eventuell schaffte er es, aus welchen Gründen auch immer, nicht pünktlich zu sein. „Vielleicht muss ich geduldiger werden, und die

Unpünktlichkeit einplanen.", ging es mir durch den Kopf. Wenn wir um 16:00 Uhr verabredet waren, wusste ich vorher, dass er erst um 18:00 Uhr erscheinen würde. Nach einiger Überwindung schrieb ich ihm eine Nachricht, und bat um eine Aussprache. Okko rief mich an. Wie schon vermutet, war er sich keiner Schuld bewusst, zeigte aber Verständnis dafür, dass ich empfindlich reagiert hatte und mit seiner Unpünktlichkeit Probleme hatte. So lief es weiter wie bisher, ich arrangierte mich damit so gut es ging.

●

Ich fuhr also das erste Mal nach Ostfriesland. Okko hatte mich in sein Haus eingeladen und ich freute mich darauf. Mir war bewusst, dass eine seiner Töchter mit ihrer Familie im Obergeschoß des Hauses wohnte. Das fand ich gut und es störte mich nicht.

Nach einer langen Fahrt mit einer jaulenden, miauenden Katze im Gepäck kam ich endlich an seinem Haus an. Ich lud meine Katze und mein Gepäck aus und klingelte an der Tür. Niemand öffnete! „Das fängt ja gut an!", dachte ich. Nach mehrfachem Klingeln wurde dann das Garagentor hochgerollt.

Da stand Okko und sah mich erstaunt an. „Du hättest einfach durch das Garagentor hereinkommen können! Es ist immer offen, und wir gehen alle auf diese Weise in das Haus.", bemerkte er. „Warum hat er es vorher nicht erwähnt?", kam mir in den Sinn. Irritiert schnappte ich meine Sachen und folgte ihm durch eine mit Möbeln, Garten- und Freizeitgeräten vollgestellten Garage, über einen Flur, in seine Küche. Diese war groß und geräumig, hell und freundlich und hatte eine gute Aufteilung. In der Mitte stand ein riesiger Tisch mit vielen Stühlen. „Hier ist Platz für eine ganze Wohngemeinschaft!", wunderte ich mich.

Meine Sachen wurden verstaut, die Katze aus

der Transportbox gelassen. Okko zeigte mir den Rest seiner Wohnung. Das Wohnzimmer lag direkt neben der Küche. Es gab eine große, doppelte Durchgangstür, die scheinbar immer geöffnet war. Das Schlafzimmer mit angrenzendem Badezimmer lag im hinteren Bereich der Wohnung. Es war alles sehr groß und gut eigerichtet. Meine kleine Wohnung passte hier zweimal hinein.

Wir tranken Tee, saßen an dem großen Tisch. Okko gab mir zu verstehen, dass sein Platz direkt am vorderen Ende des Tisches war. OK, er hatte eben seine Gewohnheiten. Direkt aus der Küche an einer Wand, führte eine Treppe in das Obergeschoss des Hauses. Wie ich bereits wusste, wohnte dort seine Tochter mit ihrem Partner und den drei Kindern. Was ich aber jetzt erfuhr, war die Tatsache, dass die Familie immer diese Treppe benutzte, wenn sie das Haus verließen oder etwas aus der Garage holen wollten. Es gab zwar noch eine metallene Treppe, die von außen in die obere Wohnung führte, diese wurde aber so gut wie nie benutzt. Ich wunderte mich etwas, nahm es aber gelassen hin.

Meine Katze erforschte neugierig die Wohnung und kletterte auch die Treppe in der Küche hoch. Hinter der oberen Tür bellte ein Hund. Er hatte scheinbar meine Katze wahrgenommen. „Meine Tochter hat einen kleinen Hund und zwei Katzen! Vor einigen Monaten wollte sie mit Ihrem Partner und den Kindern in eine größere Wohnung umziehen. Aber wegen der Tiere hat es nicht geklappt.", erklärte Okko mir. Er war darüber erleichtert, denn wären sie ausgezogen, hätte er Mieter für die Wohnung suchen müssen. Mir fiel auf, dass dieses Ereignis zeitlich mit unserem ersten Treffen zusammenfiel. „Daher wohl die Fragen nach meiner Wohnsituation und meinem Einkommen! Wie interessant!", dachte ich. Er schien gewitzt und geschäftstüchtig zu sein. Wenn auch kein Heiratsschwindler!

Die Tür oben öffnete sich und seine Tochter Giesa kam die Treppe herunter um mich zu begrüßen. Sie war jung, blond und hübsch, gerade Mitte dreißig, schätzte ich. Die Begrüßung fiel herzlich aus und sie war mir auf Anhieb sympathisch. Jetzt folgte auch der Rest der Familie. Zwei Kinder, ein Mädchen mit Namen Mia ca. 6 Jahre alt, ebenso hübsch wie die Mutter und ein noch sehr kleiner Junge von ca. 2 Jahren, mit Namen Ben. Alle sahen mich neugierig an. Der Partner der Tochter war freundlich, aber zurückhaltend. Nach einem kurzen Begrüßungsgespräch gingen die Erwachsenen wieder nach oben. Die Kinder blieben, denn sie verbrachten gerne Zeit mit ihrem Opa Okko. Sie hatten so ihre Rituale mit ihm, der kleine Ben bekam immer einen Keks aus einer Dose Mia durfte sich etwas anderes aussuchen. „Wie schön, ein intaktes Familienleben!", dachte ich.

Langsam wurden die Kinder auch zu mir zutraulicher. Ich spielte ein wenig mit ihnen.

Das war ich gewohnt, denn ich hatte eine kleine Enkelin von zwei Jahren, mit der ich gerne Zeit verbrachte. Ben wurde bald von seiner Mutter nach oben geholt. Aber Mia durfte noch etwas bleiben. Wir spielten einige Spiele und es machte wirklich Spaß. Aber wo war Okko geblieben? Irgendwann war er vom Tisch aufgestanden und im Flur zur Garage verschwunden. Egal, ich spielte mit Mia bis sie von ihrer Mutter nach oben gerufen wurde. Bald darauf erschien auch Okko wieder. Er hatte irgendetwas in seiner Garage oder seinem dort angrenzenden Büro erledigt. Er hatte sich in einem Raum, in dem eigentlich die Waschmaschine und der Trockner der Familie standen, eine Büro Ecke eingerichtet. Dorthin zog er sich bei Gelegenheit vom Familiengeschehen zurück.

Ich war müde und geschafft von dem Tag, versorgte meine Katze und ging duschen. Danach zog ich mir meinen Bademantel an und ging ins Wohnzimmer.

Zur Entspannung wollten wir noch etwas im Fernsehen anschauen und machten es uns auf der Couch gemütlich.

Nach ein paar Minuten kam jemand von oben die Treppe in der Küche herunter. Es war die älteste Tochter von Giesa. Sie hieß Anna, war 17 Jahre alt und war auf dem Weg zu ihrem Freund, der draußen wartete. Etwas später kam der Lebensgefährte der Tochter vom späten Einkauf zurück. Er schleppte seine Taschen und Tüten die Treppe hinauf. Irgendwann stieg auch Giesa die Treppe herunter, sie wollte etwas aus der Küche holen.

Wir saßen auf der Couch und waren für die Treppenbenutzer und Küchenbesucher gut zu sehen. Das war eine seltsame Situation. Nur mit meinem Bademantel bekleidet, hätte ich eigentlich gerne etwas mehr Privatsphäre gehabt. Aber die schien es hier nicht zu geben und ich würde mich daran gewöhnen müssen.

Am Morgen frühstückten wir ganz entspannt

am großen Tisch in der Küche. Meine Katze hatte ich schon vorher versorgt. Sie hatte die neue Umgebung kurz entschlossen akzeptiert und schon einige Lieblingsplätze gefunden.

Nach dem Frühstück ging die Tür oben auf. Die Kinder kamen freudestrahlend die Treppe herunter und begrüßten uns. Mia hatte einen großen Stapel Spiele dabei und freute sich darauf, mir diese zu zeigen.

Okko wollte seinen Rasen mähen und im Garten arbeiten. So konnte ich den Vormittag mit Mia spielen. Und es machte richtig Spaß. Sie war sehr aufgeweckt und schon recht klug für ihr Alter. Ich mochte sie sehr gerne. Der kleine Ben kam etwas zu kurz. Er hatte für längere Spiele noch keine Ausdauer.

Von Okko sah ich den ganzen Vormittag nicht viel. Nur ab und zu, wenn ich aus dem Fenster in den Garten schaute, sah ich ihn dort arbeiten. Er liebte seinen Garten!

Es war Mittag und ich hatte gekocht. Okko und ich aßen gemeinsam am großen Tisch in der Küche. Nebenbei erzählte er mir, dass seine älteste Enkelin Anna ihn gefragt hatte, ob er sie heute Abend mit ihren Freundinnen um 21:00 Uhr in eine Disco fahren könne. Er übernahm oft Fahrdienste und unterstützte die Familie seiner Tochter wo er nur konnte. Wir beschlossen daher, zeitig zu Abend zu essen. Okko ging wieder in seinen Garten und ich verbrachte den Nachmittat mit Mia.

Gegen Spätnachmittag fing ich an zu kochen, damit wir zeitig essen konnten. Okko kam um 19:00 Uhr aus seinem Garten. Er hatte dort viel gearbeitet, war sichtlich geschafft davon und ging vor dem Essen noch duschen.

Es war 15 Minuten vor 20:00 Uhr, als er an den Tisch kam, um mit mir zu Abend zu essen. So hatten wir noch über eine Stunde Zeit, bis er seine Enkelin in die Disco fahren musste. Das sollte für ein gemütliches Abendessen reichen!

Da ging oben die Tür auf und Anna kam gestylt die Treppe herunter. „Opa, können wir los? Du wolltest mich doch um 20:00 Uhr in die Disco fahren?", sagte sie erstaunt, als sie sah, dass wir gerade mit dem Essen anfangen wollten. Ich war erstaunt, sagte kein Wort, wartete auf seine Reaktion.

„Es ist noch keine 20:00 Uhr. Wir haben noch ein paar Minuten und essen schnell. Ich bin gleich fertig, dann fahren wir!", sagte er wie selbstverständlich.

Mir verschlug es die Sprache. Ich sah ihn erstaunt an und erwähnte, dass er mir gesagt hatte, er würde Anna um 21:00 Uhr fahren. „Ach, da habe ich mich wohl versehen, in der Uhrzeit!", kam seine wenig aufgeregte Antwort. „Wir haben ja noch etwas Zeit um zu essen!", meinte er und fing an in Windeseile seinen Teller zu leeren. Und dafür hatte ich nun stundenlang das Essen vorbereitet. Ich wusste nicht, was ich davon halten sollte. Er verschwand mit seiner Enkelin in Richtung Garage. Ich hörte das Garagentor nach oben fahren, kurz darauf startete er sein Auto.

Ich aß in Ruhe zu Ende, räumte anschließend alles ab und machte die Küche sauber. Die obere Tür ging auf und Mia kam herunter. Sie leistete mir Gesellschaft und wir spielten zusammen.

Irgendwann kam Okko wieder, wir sahen etwas fern und gingen schlafen.

•

Am nächsten Morgen standen wir zeitig auf, denn wir wollten seinen Vater und dessen Lebensgefährtin besuchen. Wir waren zum Essen dort um 13:00 eingeladen und hatten einen etwas weiteren Weg. Der Vormittag verging mit frühstücken, aufräumen und mit Mia spielen. Zeitig machte ich mich für den Besuch bei seinem Vater und der Lebensgefährtin zurecht. Denn wir wollten ja pünktlich dort zum Essen erscheinen. Ich war fertig und für die Abfahrt bereit. Aber wo war Okko? Er war im Badezimmer und brauchte eine Ewigkeit, bis er wieder herauskam. Ich sah zur Uhr. Es war 12:00 Uhr und so langsam sollte er fertig werden. Eigentlich fehlte nur noch, dass er sich anzog. Aber warum auch immer, er rannte ständig, zwischen Schlafzimmer und Bad hin und her. „Also, es wird langsam Zeit, dass du dich anziehst und wir loskönnen!", sagte ich eindringlich zu ihm. „Was machst du da noch so lange? Wir müssen los, wenn wir es pünktlich zum Essen schaffen wollen!", bemerkte ich schon ziemlich nervös geworden. Okko hatte die Ruhe weg und pendelt weiter zwischen Bad und Schlafzimmer hin und her. „Warum rege ich mich auf? Es ist sein Vater und dessen Partnerin und Okko hat die Verantwortung für ein pünktliches Erscheinen dort." Endlich, ich konnte es kaum glauben, stand er fertig angezogen vor mir. Viel zu spät fuhren wir los und würden es sicher nicht mehr zeitig zum Essen schaffen.

Wie vermutet, kamen wir zu spät bei seinem Vater und dessen Partnerin an. Ich nenne sie hier Hedwig. Sie begrüßten uns herzlich, fragten aber trotzdem nach der Verspätung. Hedwig hatte Grünkohl gekocht und ein wunderbares Essen vorbereitet. Sie hatte es warmgehalten. Ich sagte nichts zu der Frage nach der Verspätung. Okko meinte nur flüchtig, dass wir die Fahrt unterschätzt hätten. Es hätte eben länger gedauert als er dachte.

Ich stellte wieder einmal fest, wie gelassen und gleichgültig er mit Verabredungen und somit auch mit den Menschen umging. Er war nie um eine Ausrede verlegen. Langsam fing ich an, das sehr ernst zu nehmen.

Der weitere Tag bei seinen Eltern verlief harmonisch und entspannt. Ich mochte seinen Vater und Hedwig auf Anhieb. Sie waren freundliche, herzliche und sympathische

Menschen. Ich fühlte mich sehr wohl mit und bei ihnen.

Auf der Rückfahrt erwähnte ich die Verspätung. Okko zuckte mit den Achseln und bemerkt: „Wieso, es hat doch alles prima geklappt!" Dem hatte ich nichts mehr hinzuzufügen.

Es war Sonntag und ich wollte am Nachmittag wieder nach Hause fahren. Ich musste am Montag arbeiten, Okko auch. Es blieb noch etwas Zeit für einen Spaziergang im nahen Waldgebiet. Okko liebte diesen Wald. Er war dort schon als Kind unterwegs gewesen. Mir gefiel der Spaziergang und so hatte ich auch etwas von der Gegend hier kennengelernt.

•

Es waren einige Wochen vergangen und ich hatte Okko ein paar Mal in seinem Haus besucht. Die Abläufe waren immer gleich. Er stand oftmals nach dem Frühstück auf und verschwand, ohne ein Wort in seiner Garage, dem Büro oder dem Garten. Manchmal wusste ich wo er gerade aufhielt, oftmals aber nicht. In der Zwischenzeit leistete mir Mia mir Gesellschaft. Ich hatte die Kleine in mein Herz geschlossen und genoss die Zeit mir ihr. Aber eigentlich war ich hier, um mit Okko Zeit zu verbringen.

Es kam der Winter und die Weihnachtszeit nahte. Okkos Exfrau besuchte häufig ihre Tochter und ihre Enkelkinder. Auch sie kam durch die Küche, wechselte ein paar Worte mit Okko und erklomm über die Treppe das obere Stockwerk. Sie backte in Okkos Küche Kekse mit den Kindern, denn für solche Aktionen war die obere Küche zu klein. Sie kannte sich in Okkos Wohnung gut aus und beide gingen sehr vertraut miteinander um. Obwohl ich seine Exfrau sehr sympathisch und nett fand, fühlte mich manchmal selber etwas überflüssig.

Mehr Privatsphäre und Zeit für einander

hatten wir bei mir, in meiner Wohnung oder im Wochenendhaus. Dort gingen wir entspannt miteinander um, unternahmen viel und waren glücklich miteinander.

Warum konnte es nicht immer und überall so sein? War er nicht da, vermisste ich ihn, kam er wie üblich zu spät, ärgerte es mich. So eine Achterbahnfahrt kannte ich aus meinen früheren Beziehungen nicht. Ich übte mich in Geduld schluckte meinen Ärger herunter.

Ein besonderes Schlüsselerlebnis hatte ich bei einem weiteren Besuch in seinem Haus. Da wir in zwei Tagen eine Reise antreten wollten, war ich bei ihm, um Okko am nächsten Tag beim Kofferpacken zu helfen. Er hatte mich darum gebeten, denn er war lange nicht gereist. Seinen Urlaub hatte er bisher immer in seinem Haus verbracht. Da ich wusste, wie langsam und trödelig Okko in solchen Dingen war, wollte ich ihn unterstützen.

Wir hatten für den nächsten Tag nach dem

Kofferpacken einen Spaziergang zur Entspannung im Wald geplant. Gegen Nachmittag würden wir dann in meine Wohnung fahren. Denn auch ich musste vor der Reise meinen Koffer packen und die Katze in eine Katzenpension bringen. Einen Tag später wollten wir in den Urlaub fahren. So hatten wir es besprochen und geplant.

Aber es kam wie üblich völlig anders! Nachdem Okko von seinen Exkursionen in Haus und Garten aufgetaucht war, aßen wir zu Abend.

Das Telefon klingelte und er nahm ab, obwohl wir gerade aßen. Den netten Spruch: „Wir essen gerade, ich rufe später zurück!", kannte er nicht. Seine Tochter Martina war am Telefon. Sie wohnte in der nächsten Stadt und hatte ein Anliegen. Ich konnte das Gespräch bruchstückhaft mithören. Sie hätte morgen früh eine Fahrradtour mit ihren Freundinnen und bat ihren Vater, sie mit ihrem Fahrrad zum

Treffpunkt zu fahren. Aber na klar, das würde er doch gerne machen, wurde am Telefon besprochen. Ich saß wie versteinert am Tisch. Hatte ich das gerade richtig gehört? Wir hatten doch einen Plan, wie wir morgen den Tag gestalten wollten. Ganz entspannt, mit Koffer packen und Spaziergang. Ich war entsetzt über so wenig Feingefühl und Respekt vor meiner Person. Er hätte mich zumindest bei dem Gespräch mit seiner Tochter fragen können, ob ich damit einverstanden sei. Wir hätten gemeinsam entscheiden können, wie wir diese Aktion in unseren besprochenen Tagesplan unterbringen könnten. Ich wurde wieder einmal übergangen und vor vollendete Tatsachen gestellt.

Die Stimmung war schlecht und wir sprachen uns nicht aus. Ich schluckte meinem Unmut herunter. Er nahm es gelassen und reagierte nicht auf meine wortkarge Laune.

Ich lag lange wach und freue mich kein Stück

mehr auf die bevorstehende Reise mit Okko.

Am nächsten Morgen wechselten wir kaum ein Wort miteinander und nahmen das Frühstück schweigend ein. Ich war gekränkt, traurig und wusste nicht wie ich mich verhalten sollte. Mir schien, dass ich in seinem Leben nur eine beiläufige, untergeordnete Rolle spielte. Wenn es ihm passte, hatte er Zeit und Aufmerksamkeit für mich. kam seine Familie, die ich eigentlich recht gerne mochte, ins Spiel, wurde ich übergangen. Nach dem Frühstück verschwand er schweigend in Richtung Garage. Die Garagentür rollte hoch, er werkelte zwischen Auto und Garage hin und her. Ich dachte mir, dass er das Auto für den Fahrradtransport mit seiner Tochter herrichten würde. Ich deckte den Frühstückstisch ab und war innerlich den Tränen nahe. Gleichzeitig stieg Wut in mir hoch. Das war immer sehr gefährlich!

Wie lange sollte ich sein gleichgültiges

Verhalten noch hinnehmen?

Blitzschnell entschloss ich mich aus dem Bauch heraus, meine Sachen und meine Katze zu packen und nach Hause zu fahren. Mir war egal, ob wir in Urlaub fahren würden oder nicht und mir war egal wie Okko reagieren würde. Ich wollte nur noch nach Hause.

So schnell hatte ich noch nie meine Sachen gepackt. Fix und fertig mit Sack und Pack ging ich nach draußen. Okko sah mich ungläubig an. „Wo willst du denn hin?", entfuhr es ihm wütend. Er ahnte schon, was ich vorhatte. Schnell verfrachtete ich meine Sachen nebst Katze in mein Auto und fuhr vom Hof.

Zuerst war ich noch extrem aufgewühlt. Aber die Fahrt zu mir nach Bremen war lang und ich beruhigte mich langsam. Was war da nur wieder passiert. Warum waren wir als erwachsene Menschen nicht in der Lage, Probleme anzusprechen? Missverständnisse wurden heruntergespielt, um die Stimmung nicht zu verderben und es seinem Partner recht zu machen. Das ging so weit, bis es eskalierte und alles in Frage gestellt wurde. Mir war das klar, aber es passierte trotzdem immer wieder.

Zuhause angekommen, packte ich meine Sachen aus und dachte darüber nach, wie ich mit der gebuchten, und bezahlten Reise verfahren sollte. Am nächsten Tag rief ich den Reiseveranstalter an. Eine nette Dame war am Telefon. Leider hatten wir keine Rücktrittversicherung abgeschlossen. Die Dame schlug vor, dass ich jemand anderes mitnehmen und die Buchung gegen eine Gebühr umschreiben lassen könnte. Ich rief Freundinnen und Verwandte an. Niemand hatte so kurzfristig Zeit. Das würde wohl nichts werden. Insgeheim hoffte ich, dass sich Okko melden und mit mir über das Geschehene reden würde. Ich war innerlich ruhiger, hatte die Fehler auf beiden Seiten erkannt und war gesprächsbereit, damit die Reise nicht ganz abgesagt werden müsste.

Aber anrufen würde ich ihn dieses Mal nicht.

Okko meldete sich nicht. Die Zeit drängte und ich musste eine Entscheidung fällen. Schweren Herzens rief ich die Reiseagentur an. Ich hatte bis heute Abend Zeit, dann würde die Reise storniert werden. Ich wartete bis zum allerletzten Zeitpunkt, dann stimmte ich der Stornierung am Telefon zu. Die Dame war sehr verständnisvoll, aber ihr waren die Hände gebunden.

Erledigt, die Reise fiel ins Wasser, die Beziehung war beendet und ich fand mich traurig und verletzt damit ab. Das Geschehene muss verarbeitet und überstanden werden.

●

Am nächsten Tag ich saß auf meinem Balkon. Endlich ein Moment der Entspannung und Ruhe! Das Telefon klingelte, und tatsächlich war Okko am anderen Ende der Leitung. Natürlich nicht, um über das Geschehen zu reden. Nein, es ging ihm um die Reise. „Ich habe es mir länger überlegt. Es ist doch zu schade, die Reise nicht anzutreten. Wir machen es wie geplant, ich komme zu dir, so schaffen wir es gerade noch mit der Reise. Was hältst du davon?", erklärte er mir. „Das klappt nicht mehr. Ich hatte bis zum letzten Zeitpunkt gewartet und musste die Reise gestern Abend stornieren. Warum hast du nicht eher angerufen?", erwiderte ich. „Erst war ich wütend, dann hatte ich nachgedacht, und mich schließlich entschlossen dich anzurufen.", meinte Okko hörbar enttäuscht.

Zu mindestens führte das Telefongespräch nun doch noch zu einer Aussprache. Wir redeten und redeten über unsere Probleme und unterschiedlichen Sichtweisen. Da war noch viel Gefühl im Spiel und wir beschlossen, auch dieses Fiasko gemeinsam zu überstehen. Da konnte ja nichts mehr schief gehen, mit unserer Beziehung. Wenn wir so furchtbare Situationen, wie die gerade erlebte, zusammen meisterten. Wir vereinbarten einen Besuch bei mir um weitere Gespräche zu führen. „Ein Neuanfang!", dachte ich zaghaft.

Nach unseren tiefgründigen Gesprächen, kamen in mir Zweifel hoch. Ich hatte vor kurzem einen geliebten Partner verloren. Vielleicht war ich ebenfalls für unsere Probleme verantwortlich? Mit meinen spontanen und unüberlegten Reaktionen hatte ich mich nicht im Griff. „Ja, auch ich muss mich ändern!", stellte ich fest. Okko pflichtete mir bei. Er sah es genauso.

Monate waren vergangen. Es gab schöne Zeiten und Erlebnisse mit Okko. Wir waren noch ein Paar, hatten aber nach wie vor unsere Probleme. Die Unpünktlichkeit war und blieb ein Streitpunkt. Und wie es aussah, bekam er sie nicht in den Griff.

•

Es war Donnerstag und Vera, meine Freundin

vom Wochenendplatz, rief mich an. Sie stand mit ihrem Auto auf dem Parkplatz eines Supermarktes im benachbarten Ort. Im Fahrzeug neben ihr saß Okko in einem großen Mercedes Cabrio hinter dem Steuer. Vera war überzeugt, dass es wirklich Okko war. Er hatte sie aus dem Auto heraus, durch die heruntergelassene Scheibe, mit "Moin"! gegrüßt. Er schien auf jemanden zu warten.

Ich konnte es mir einfach nicht vorstellen. Heute war Donnerstag, Okko müsste jetzt noch arbeiten und viele Kilometer entfernt sein. Vera versprach mir, einige Bilder vom Fahrzeug, dem Nummernschild und dem angeblichen Okko hinter dem Steuer zu machen. Kurz darauf trafen die Fotos bei mir ein. „Das ist Okko!", stellte ich fest. Er hatte eine Jacke in der Farbe an, die ich an ihm schon gesehen hatte. Und die Kappe auf seinem Kopf, trug ein Logo der Firma, in der er arbeitete. Das Kennzeichen auf dem Nummernschild des Autos war im gleichen Ort zugelassen, in dem sich mein Wochenendhaus befand. Vera beobachtete die Szene weiter und sah, dass eine ältere Frau mit kurzen, grauen Haaren aus dem Supermarkt kam, den Einkauf verfrachtete und ins Auto einstieg. Nach kurzer Zeit berichtete mir Vera, dass sie weg gefahren waren.

Vera und ich sahen uns später in Ruhe die Fotos erneut an und kamen beide zu dem Entschluss, dass es tatsächlich Okko war. Wir fanden alles sehr seltsam und kurios. Was hatte das zu bedeuten?

Wie üblich würde Okko am Samstagabend zu meinem Wochenendhaus kommen. Es war Freitag und ich fuhr zum Einkaufen für das Wochenende in den nächsten Ort. Gewohnheitsmäßig kaufte ich im gleichen Supermarkt ein, wie Vera.

Als ich auf den Parkplatz fuhr, sah ich ein auffälliges Mercedes Cabrio dort stehen. „Es sieht genau so aus, wie das Auto, von dem

Vera Fotos gemacht hat!", schoss es mir plötzlich durch den Kopf. Ich parkte direkt neben dem Mercedes Caprio, stieg aus und sah mir das Kennzeichen genauer an. Es passte! Was für ein Zufall. Es war das Auto! Dann musste die Fahrerin ja auch nicht weit entfernt sein. Ich ging in den Supermarkt und erledigte meine Einkäufe. Die von Vera beschriebene, ältere Dame konnte ich nicht entdecken. Sicher hatte sie den Supermarkt vor mir verlassen. Ich war fertig mit meinem Einkauf und ging auf den Parkplatz. Mit einem Blick erkannte ich, dass sich der Mercedes immer noch neben meinem Auto befand. Ich beschloss zu warten und zu beobachten, wer sich dem Auto nähern würde. Es dauerte eine Weile, aber ich hatte Geduld. Endlich erschien eine grauhaarige Frau mit kurzem Haarschnitt, und steuerte auf den Mercedes zu.

„Wie im Film!", dachte ich. Beherzt stieg ich aus und sprach die Frau an: „Entschuldigung, darf ich sie etwas fragen?" Sie war zwar überrascht, aber nicht unfreundlich. Sicher war sie auch etwas neugierig, was ich sie fragen wollte. Wenn sie Okko tatsächlich näher kannte, dann sollte auch sie wissen, dass er hinter ihrem Rücken noch andere Frauen hatte. Ich erklärte ihr mein Anliegen und gab es genau so weiter, wie Vera es mir geschildert hatte.

„Ach ja, gestern, war ich mit meinem Mann hier! Er wartet immer im Auto, wenn ich einkaufe. Das machen wir üblicher Weise immer so!", antwortete sie mir. Ich zeigte ihr das Foto von Okko im Auto, hinter dem Steuer. „Ja, das ist mein Mann!" sagte sie ganz ruhig. Dann zeigte ich ihr noch ein größeres Foto von Okko, wie er in meinem Garten saß. „Nein, den Mann kenne ich nicht.", sagte sie. Darauf konnte ich nichts erwidern, entschuldigte mich für die Unannehmlichkeiten und verabschiedete mich von ihr. Sie lächelte, stieg in ihr Auto und fuhr vom Parkplatz. Für mich hatte sich nichts geklärt. Im Gegenteil, ich war noch verunsicherter wie vorher. Es war Samstagabend und nach einem entspannten Abendessen mit Okko, sprach ich ihn direkt auf den Vorfall im fremden Auto an. Zur Bestätigung zeigte ich ihm die Bilder. „Das bin ich nicht!", war sein Kommentar. Aber ein Erstaunen sah ich doch in seinem Gesicht. Er fand es recht mutig von mir, dass ich diese fremde Frau angesprochen hatte. „Der Mann sieht mir tatsächlich recht ähnlich!", räumte er ein. Damit war für ihn das Thema beendet. Aber ich war mir sicher, dass er der Mann im Mercedes gewesen war. Und auch Vera änderte ihre Meinung nicht.

Es war wieder Samstag, Okko hatte mir fest zugesichert, dass er am Abend spätestens um 18:00 Uhr da sein würde. Ich wollte Lasagne im Ofen zubereiten, so dass wir zusammen essen konnten. Es wurde 19:00 Uhr und Okko war noch nicht da. Irgendwann um 20:00 Uhr kam sein Anruf, dass er gleich da sein würde. Die Lasagne war noch warm, sah aber sehr verrunzelt aus. Meine Stimmung war nicht gut, das lange Warten hatte mich wieder geschafft. Ich war ärgerlich und genervt. So empfing ich Okko auch, nachdem er angekommen war. In der letzten Zeit war es mir gelungen, meinen Unmut über seine Unpünktlichkeit zu verbergen. Die kurzen Stunden am Wochenende waren zu kostbar, um sie mit Streitereien zu verbringen. Dieses Mal war es anders, schon länger war ich unglücklich mit den Gegebenheiten unserer Beziehung. Auch hatte ich die Geschichte mit dem Mercedes und der fremden Frau noch nicht verarbeitet. Fahrig und nervös, nahm ich die Lasagne aus dem Ofen. Die große, schwere Auflaufform glitt mir aus den Händen und landete auf dem Küchenboden. Entsetzt starrte ich auf die verunglückte Lasagne. „Was für eine unfassbare Schweinerei!", ich konnte es kaum glauben. Außerdem stellte ich fest, dass die Glastür vom Backofen, durch den Stoß der schweren Lasagne Form kaputt gegangen war.

Sie ließ sich nicht mehr schließen. Innerlich gab ich Okkos Unpünktlichkeit die Schuld für mein Missgeschick. Er saß am Tisch und auch seine Laune hatte merklich gelitten. „Das reicht.", dachte ich aufgebracht.

Nach einem kurzen Hin und Her, beendeten wir diese problematische Beziehung. Wir waren beide verletzt und wütend. Okko nahm seine Sachen mit und verschwand. Ich verbrachte den weiteren Abend, mit einer beispiellosen Säuberungsaktion meiner Küche. Als alles fertig war, packte mich die Traurigkeit, über dieses schreckliche Ende. Dieses Mal war es endgültig, das war mir klar!

•

Es war einige Zeit vergangen. Wie durch Zufall begegneten mir während einer Autofahrt in der Nähe meines Wochenendhauses, das Mercedes Cabrio. Es kam mir auf der anderen Seite der Fahrbahn entgegen und ich erkannte es sofort. Es ging alles sehr schnell, aber ich konnte doch einen kurzen Blick riskieren und sah: „Am Steuer sitzt die grauhaarige Dame, mit den kurzen Haaren. Und neben ihr, sitzt Okko. Er ist es! Daran gibt es keinen Zweifel! Sie scheint hier in der Nähe zu wohnen. Wie praktisch!", dachte ich. Durch viele Überstunden im Job, hatte er sicher oftmals ab Freitag schon Wochenende. Scheinbar war er von Donnerstag abends bis samstags bei der grauhaarigen Dame und den Rest vom Wochenende bei mir. Das erklärte auch, dass ständige Zuspätkommen. Nach einer kurzen Schrecksekunde, stellte ich fest, es war mir egal!

Kurzepisoden

Das Frühjahr war vergangen und Geschichte, Okko ebenso. Nach einer längeren Zeit der Besinnung und Erholung, vom Beziehungs-stress, war ich neugierig darauf, was sich in der Zwischenzeit auf meinem Dating Profil bei "My" abgespielt hatte. Die vielen, dort eingetroffenen Nachrichten überraschten mich. Es waren auch einige neueren Datums dabei. Diese las ich und schaute mir die Profile dazu an. Wie schon früher, bat ich um die Telefonnummer, wenn die Profile mir gefielen. So nach und nach trafen die Telefonnummern ein. Und ich beschloss mit dem ersten Telefonat noch heute Abend zu beginnen.

Die Dating Aktivitäten begannen erneut. Hier ein Telefonat, da ein Treffen, wenn es gut lief ein Zweites.

Dann besuchte mich eines Tages nach längeren Telefonaten ein Mann mit Namen Jörg. Wir verbrachten einen schönen Nachmittag bei mir am See. Es war sehr warm und am Strand vom See herrschte viel Betrieb. Familien, Jugendliche, ältere Damen und Herren, verbrachten ihren Tag hier, um der Hitze zu entgehen.

Jörg sah das Treiben am und im See und äußerte den Wunsch schwimmen zu gehen. Da ich noch eine Badehose aus Okkos Bestand gefunden hatte, stand dem nichts im Wege. Ich war es gewohnt, einmal über den See und zurück zu schwimmen. Irgendwie war es für mich selbstverständlich, dass jeder heutzutage schwimmen konnte. Im Wasser angekommen, schwamm ich Richtung anderes Ufer. Jörg schwamm hinterher. Ich wurde langsamer, damit ich neben ihm schwimmen konnte. Entsetzt bemerkte ich, dass er ständig mit dem Kopf unter Wasser tauchte. „Das ist keine neue Schwimmtechnik, nein, er kann nicht richtig schwimmen!", stellte ich entsetzt fest. Ich redete ihm gut zu, langsamer zu schwimmen, den Kopf oben zu behalten und nicht in Panik zu geraten. Mehr konnte ich im Moment nicht machen. Nach einigen, langen Minuten erreichten wir endlich eine Zone im See, in der man schon stehen konnte. Jörg war sichtlich erschöpft und wir ruhten uns im seichten Wasser etwas aus. Den Rückweg trat Jörg zu Fuß am Strand an. Ich schwamm zurück.

Im weiteren Verlauf des Nachmittags, wurde er sehr aufdringlich. Ich gab ihm zu verstehen, dass näherer Körperkontakt bei einem ersten Treffen nicht in Frage kam. Der Nachmittag verlief mit oberflächlichen Gesprächsthemen und zog sich nur noch aus Höflichkeit dahin. Endlich verabschiedeten wir uns zwar freundlich voneinander, merkten aber beide, dass wir uns nicht wiedersehen würden. Aus Höflichkeit teilte ich das Jörg am nächsten Tag per Telefon mit. Erledigt!

Heute hatte ich einen Mann am Telefon, der spirituell veranlagt und interessiert war. Die Karten hatten ihm gesagt, dass ich die Richtige für ihn sei. So telefonierten wir einige Abende miteinander. Trotz der alles entscheidenden Mitteilung der Karten am, es nie zu einem Treffen. Da hatten seine Karten sich wohl geirrt.

Und immer wieder zwischendurch, auch wenn ich nicht darauf reagierte, kam eine Nachricht von Waljo. Manchmal nett und freundlich, dann wieder mit eindeutig speziellen Vorschlägen. Unsere Zeit war Jahre her und Waljo hatte eine neue Partnerin. Das leugnete er nicht, aber es war ebenso seine Art, sich bei seinen Verflossenen ab und zu in Erinnerung zu bringen. Ein Psychologe könnte sein Verhalten sicher analysieren. Ich begnügte mich mit einem Kopfschütteln.

Erstaunlich war ebenfalls, dass in WhatsApp oft Nachrichten von Männern kamen, die ich vor langer Zeit kennengelernt hatte. Diese Telefonnummern hatte ich in der Vergangenheit schon gelöscht. Viele der Männer behielten scheinbar die Telefonnummern, sozusagen in Reserve, im Falle einer Beziehungs- oder Dating Flaute.

An einem Sonntag traf ich mich mit einem sehr netten, ursprünglich aus Griechenland kommenden Mann. In einem Telefonat hatte ich erfahren, dass er schon sehr lange in Deutschland lebte. Seine Frau, mit der er sehr lange zusammen war, war im letzten Jahr gestorben. Er sprach gut Deutsch, konnte es aber immer noch nicht richtig lesen. Im Alltag und auf Reisen, hatte ihn seine verstorbene Frau unterstützt. Beim Autofahren war er unsicher und vermied längere Strecken auf der Autobahn. Wir trafen uns zum Kennenlernen in einem griechischen Restaurant. Er sah gut aus, war freundlich und unkompliziert. So beschloss ich, es mit ihm zu versuchen.

In den nächsten Wochen holte ich ihn ein paar Mal ab. Einmal wurde er von seiner Tochter zu mir gebracht. Es stellte sich heraus, dass er ein wirklich starker Raucher war. Die Zigarette ging bei ihm nie aus. Das störte mich, als Nichtraucherin sehr.

Auch diese kurze Episode war nun beendet. Und ich beschloss, mich wieder aus der Partnersuche zurück zu ziehen.

Mein Profil in "My" pausiert!

Und immer wieder Ostfriesland

Es wurde Herbst und ich hatte lange nicht in mein Profil von "My" gesehen. Es pausierte, das hatte ich vergessen. Der Winter nahte und nach wie vor fehlte ein Partner. Ich fühlte mich gut und gefestigt genug, um mich in meinem Profil erneut anzumelden.

Es dauerte nicht lange, da trafen die ersten Nachrichten ein. Durch meine langjährige Erfahrung in dieser Dating App, ging ich routiniert damit um. „Nachricht lesen, bei Interesse das Foto und das Profil genauer ansehen. Gefällt mir, was ich da sehe und lese, schreibe ich eine Nachricht, mit der Bitte um die Telefonnummer." Bisher war aber kein interessanter Mann dabei. So wartete ich die nächsten Tage ab.

Dann sah ich das Foto und eine Nachricht, eines gutaussehenden und sympathisch wirkenden Mannes, in meinem Profil. Er schrieb nicht viel, stellte nur fest, dass wir

Gemeinsamkeiten hätten. Ich sah mir seine Texte und Statements genauer an und stellte fest, er hat Recht.

Ebenso kurz, aber freundlich antwortete ich auf seine Nachricht. Seinen Wohnort sah ich mir auf der Karte etwas genauer an. „Schon wieder in Ostfriesland!", stellte ich fest. Ich erfuhr in den nächsten Nachrichten von ihm, er hieß Conrad und kam ursprünglich aus Baden-Württemberg. Er hatte durch einige Urlaube in Ostfriesland seine Vorliebe für diesen besonderen Landstrich entdeckt. So beschloss er vor einigen Jahren gemeinsam mit seiner Frau, den Wohnsitz dorthin zu verlegen. Schon nach einem Jahr war seine Frau zurück nach Baden-Württemberg gezogen. Daher hatte er sich nach einiger Zeit in dem Portal "My" angemeldet. Das ich nur eine feste Beziehung suchen würde, schrieb ich schon in der nächsten Nachricht an ihn. Außerdem teilte ich ihm mit, dass ich ein Telefonat vorziehen würde, wenn tatsächliches Interesse bestände. Es folgte kein weiteres Schreiben von ihm. Dann war die Sache wohl erledigt. Kein Problem für mich, in meiner Nachrichtenliste standen noch weitere Kandidaten.

●

In den nächsten Tagen schrieb ich mich mit einem Mann in der Nähe von Wittmund. Die Richtung schien vorgegeben zu sein. Aufgrund der großen Entfernung trafen wir uns in Bad Zwischenahn in einem Ausflugslokal. Er hieß Axel und war ein sehr interessanter Mann, weltoffen und weitgereist. Der Nachmittag verging schnell. Wir verabschiedeten uns auf dem Parkplatz. Bei der für mich freundschaftlich gemeinten Umarmung zog er mich an sich, küsste mich, wie ich es heute ganz sicher noch nicht erwartet hätte. Überrumpelt und verdutzt verabschiedete ich mich etwas förmlich. „Ja, wir telefonieren heute Abend noch!", erwiderte ich auf seine Frage, ob ich mich heute Abend noch melden würde. Auf der langen Autofahrt nach Hause, fand ich meine Ruhe und mein Gleichgewicht wieder. Axel gefiel mir gut, den Kuss hatte ich schon abgehakt. Er punktete mit seiner interessanten und redegewandten Art. Außerdem hatte er ein sympathisches Äußeres, mit zu einem Zopf gebundenen, langen Haaren. Axel rief mich sehr oft an, von Conrad hörte ich nichts mehr. Es wurde ein weiteres Treffen bei Axel in Wittmund verabredet. Ich war mutig, packte meine Katze ein und besuchte Axel in seiner Wohnung. Wir tranken Kaffee und auf irgendeine Weise, fing ich an, mich unbehaglich zu fühlen. Waren es die vielen Antiquitäten und dunklen Möbel, für diese kleine Wohnung viel zu mächtig? Oder einfach das Fremde zwischen zwei Menschen, die sich noch gar nicht richtig kannten? Mein Unbehagen wuchs und es fühlte sich falsch an. Nach der zweiten Tasse Kaffee fasste ich einen Entschluss: „Ich werde wieder nach Hause fahren. Nur wie bringe ich das dem so gastfreundlichen Axel bei?" Mir wurde ganz heiß, merkte wie ich unsicher wurde und verzweifelt nach einer passenden Ausrede suchte. „Quatsch, bisher bin ich mit der Wahrheit noch gut zurechtgekommen!", dachte ich und teilte Axel mutig mit: „Bitte sei mir nicht böse, aber ich finde die Situation etwas ungewöhnlich und fühle mich nicht ganz wohl damit. Ich werde wieder nach Hause fahren. Es war für mich einfach zu früh, gleich hier für ein Wochenende zu dir in deine Wohnung zu kommen." Axel war überrascht und gab sich keine Mühe, das zu verbergen. Er blieb freundlich, wenn auch sichtlich enttäuscht begleitete er mich noch zu meinem Auto. Erleichtert fuhren ich und meine miauende, jaulende Katze wieder nach Hause. „Das Abenteuer ist auch überstanden!", dachte ich dem ganzen Geschehen noch hinterher.

Zwei Tage waren seither vergangen. Ich sah ohne große Erwartung in mein "My" Profil.

Conrad hatte geschrieben. „Aha", dachte ich. Wenn sich jemand nach Wochen wieder meldet, dann hatte er sicher in der Zwischenzeit einen vielversprechenden Versuch mit einer netten Dame gemacht. Der schien dann irgendwie gescheitert zu sein. Neugierig war ich dennoch und las Conrads Nachricht.

Er entschuldigte sich in seiner Nachricht, dass er sich so spät wieder melden würde. Besuch hätte er gehabt, von einer ehemaligen Kollegin und einer weiteren Freundin. Sie hätten viel unternommen und er hätte keine Zeit gehabt sich bei mir zu melden. „Das spricht nicht gerade für ihn und sein Verhalten!" kam mir in den Sinn. Dennoch antwortete ich ihm, schrieb ihm, dass ich es verstehe würde und ganz in Ordnung fände. So ganz stimmte es zwar nicht, aber es hatte noch keinen weiteren persönlichen Kontakt und keine Verbindlichkeit stattgefunden. Ich hatte ja schließlich auch meine Aktivitäten in Bezug auf Partnersuche in der Zwischenzeit weitergeführt. So antwortete ich ihm freundlich, wünschte ihm einen schönen Tag und wartete ab, ob eine weitere Nachricht kommen würde. Tatsächlich, schien er es sich überlegt zu haben und schlug ein Telefonat oder ein Treffen vor. Gut, nun entschied ich mich vorab für ein Telefonat am Abend. Er sendete mir seine Handynummer und bat um einen Anruf am Abend.

•

Ganz entspannt wählte ich abends seine Nummer, denn in Sachen Telefonate mit potenziellen, zukünftigen Partnern, hatte ich eine gewisse Routine entwickelt. „Conrad Messerschmied!", meldete sich eine sympathische, männliche Stimme am anderen Ende der Leitung. Freundlich erwiderte ich die namentliche Vorstellung: „Saga Frida Sörensen!", Wir führten ein langes, interessantes Gespräch. Er hatte ähnliche

Ansichten über das Leben und die Partnerschaft wie ich. Auch in Bezug auf Allgemeinbildung, Politik und Weltgeschehen entdeckte ich einige Gemeinsamkeiten. Er war gebildet, charmant und redegewandt. Sicher war er mir auch in vielen Dingen überlegen. Das fand ich gut. Obwohl ich selbstbewusst war und meine eigenen Fähigkeiten kannte, mochte ich Männer, von denen ich noch etwas lernen konnte. Meine Großmutter hatte für mich, einen für die damalige Zeit, typischen Spruch in mein Poesiealbum geschrieben: „Gesell dich einem Bessern zu, dass mit ihm deine Bessern Kräfte ringen. Wer selbst nicht weiter ist als du, der kann dich auch nicht weiterbringen.", Friedrich Rückert (1788 – 1866). Seltsam, aber gerade dieser alte Spruch hatte mich in meinem Leben begleitet. Es war mir immer wichtig, mich mit Menschen zu umgeben, die mir genau diese Möglichkeiten geboten hatten. Interessante Menschen, die etwas zu sagen hatten, viel wussten und über eine charismatische Persönlichkeit verfügten. Vielleicht hatte mein Sohn recht, wenn er sagte: „Mama, du musst deine Ansprüche herunterschrauben. Sonst wird das nie etwas mit deiner Partnersuche!" Das mochte stimmen, aber wie weit konnte man über seinen eigenen Schatten springen?

Nun gut, Conrad schien ein geeigneter Kandidat zu sein und ich freute mich auf ein persönliches Treffen.

Wir trafen uns in Bremen Nord, in einem Café und ich war positiv überrascht. Er ist genauso, wie ich ihn mir vorgestellt hatte. Conrad war groß und hatte eine kräftige Figur, sein Gesicht markant und männlich. Er gefiel mir! Es wurde ein entspannter Nachmittag, mit gut laufenden Gesprächen und wir verabreden in Kontakt zu bleiben, um ein weiteres Treffen zu planen.

Wir hatten einen gemeinsamen Besuch in einem Torfmuseum in Ostfriesland vereinbart.

Auch das fand ich interessant! Er war nicht langweilig und unternahm gerne etwas! „Was für ein toller Mann!" dachte ich.

Wir trafen uns auf dem Parkplatz vom Torfmuseum. Ich konnte zu ihm aufsehen, mit meinen 1,69 m, auch das gefiel mir. Der Besuch im Torfmuseum war ein voller Erfolg. Es gab viel zu sehen, zu lesen und zu erfahren. Die Exponate befanden sich in den Räumen des Museums, aber auch im äußeren Bereich.

Anschließend tranken wir zusammen Tee im angrenzenden Restaurant. Und wieder hatten wir uns viel zu erzählen, lernten uns etwas mehr kennen.

Der Abschied war freundlich, eine leichte Umarmung und schon war ich auf dem Weg nach Hause. Eine lange Fahrt, aber sie hatte sich gelohnt. Auf den weiteren Verlauf war ich gespannt. „Es entwickelt sich positiv!", war einer meiner Gedanken.

Zuhause angekommen, dachte ich dem Treffen noch hinterher. „Bin ich schon etwas verliebt in Conrad?", fragte ich mich plötzlich. „Nein, irgendwie nicht. Er ist ein toller Mann, zieht mich auf eine seltsame Art an und in seinen Bann. Aber verliebt sein, kenne ich anders!", beantwortete ich mir meine eigene Frage.

Mir gefiel, wie er sich mir gegenüber verhielt. Er war sehr zuverlässig und verbindlich, etwas das nicht selbstverständlich bei den meisten Männern war. Jeden Abend rief er mich an und wir erzählten uns gegenseitig, was wir am Tag erlebt hatten. Das stellt eine gewisse Nähe her und die große Entfernung zwischen unseren Lebensmittelpunkten wurde nebensächlich.

Verliebt war ich immer noch nicht. Aber innerlich zufrieden, entspannt und freute mich auf die Telefonate und Treffen mit Conrad.

Das nächste Mal fuhr ich für eine Woche mit meiner Katze im Gepäck zu Conrad in sein Haus. Ich war gespannt wie sich dort alles entwickeln würde. Immerhin waren wir uns noch in keiner Weise nähergekommen.

Ohne Zwischenfälle erreichte ich sein Zuhause, ein schöner, gepflegter Bungalow. Der Empfang war herzlich und ich fühlte mich sofort wohl bei ihm.

Auch meine Katze entspannte sich nach einigen Entdeckungstouren in seinem Haus. Wir genossen einen schönen Abend. Conrad kochte gerne und gut. So hatten wir ein erstklassiges Abendessen und verbrachten den Rest des Abends im Wohnzimmer. Conrad entfachte ein gemütliches Feuer in seinem Ofen, eine wohlige Wärme erfüllte den Raum. „Wie schön alles ist, und wieviel Mühe Conrad sich gibt! Was für ein wunderbarer Mann!", dachte ich.

Irgendwann, im Laufe des Abends, zwischen Küche und Wohnzimmer, auf dem Flur, ergreift Conrad die Gelegenheit und küsst mich. Das kam mir wie selbstverständlich vor, nicht aufregend, aber angenehm und wie immer schon da gewesen. Verliebt war ich noch nicht. Die so typischen Schmetterlinge im Bauch, hatten sich scheinbar verflogen. Dafür war mir Conrad so vertraut, als würde ich ihn schon lange kennen. Nichts war kompliziert oder aufgesetzt. „Bin ich glücklich, zufrieden oder einfach nur froh, endlich einen wirklich passenden Partner gefunden zu haben?", fragte ich mich. Beantworten konnte ich mir die Frage noch nicht. Ich würde abwarten, wie sich der Aufenthalt mit und bei Conrad entwickeln würde.

Wir hatten schöne Tage, mit vielen Unternehmungen in der Umgebung von Ostfriesland. Immer besser lernten wir uns kennen. Dazu gehörten viele, interessante Gespräche und das körperliche Näherkommen. Welches sich überraschender Weise ebenfalls völlig unkompliziert und als totaler Selbstläufer entwickelte. „Alles bestens und alles gut!", stellte ich fest.

Wir saßen nach einem köstlichen Abendessen entspannt vor dem Fernsehen. Ich hatte es mir gemütlich gemacht, mit einer Wolldecke auf der Couch. Conrad zog es vor, mit dem Rücken kerzengerade, angelehnt zu sitzen. Darüber hatte ich gerade, eine etwas alberne, unpassende und übermütige Bemerkung gemacht. Nicht besonders schlimm oder verletzend, aber doch wohl daneben. Und leider konnte ich nicht aufhören zu kichern. Situationskomik brachte mich einfach zum Lachen. Ich lachte gerne, über mich, über Situationen und über eine humorvolle Bemerkung. Und so einen albernen Moment hatte ich gerade, und konnte mich irgendwie nicht stoppen. Conrad verdrehte die Augen nach oben, und sah etwas genervt aus. „Huch", dachte ich. „Da muss ich wohl aufpassen, was ich sage und meine Ausgelassenheit und Albernheit im Zaum halten!", stellte ich fest.

Gleichzeitig wurde mir klar, dass ich mit Conrad noch nie herzhaft über etwas gelacht hatte. Mir fiel blitzartig auf, er hatte immer den gleichen, sehr ernsthaften Gesichtsausdruck. „Seine Miene ändert sich kaum, irgendwie ausdruckslos und maskenhaft!", schoss es mir durch den Kopf. Lustige Bemerkung machte er so gut wie nie, konnte so gut wie über nichts lachen. Manchmal versuchte er wenigstens so etwas wie ein Lächeln hinzubekommen. „Wie merkwürdig!", dachte ich. Warum fiel mir das erst jetzt auf? Aber nach wie vor fühlte ich mich wohl mit ihm und in seiner Nähe. „Vielleicht ist er noch nicht völlig locker und entspannt in meiner Nähe. Und sein Humor kommt später zum Vorschein!", hoffte ich.

Jedoch änderte sich nichts in seinem Verhalten. Er war der absolute Traummann für mich, intelligent, attraktiv, interessant, fürsorglich und aufmerksam. „Am Tage wenig liebevoll, kaum Nähe, dafür nachts im Bett genau das Gegenteil, wenn ihr wisst, was ich meine! Ich kann mich wirklich glücklich schätzen, so einen tollen Mann kennengelernt zu haben!", war mein Gedanke. „Aber warum lacht er nie?", machte sich eine kleine Beunruhigung breit.

•

Wir waren nun schon einige Monate zusammen und ich fragte mich: „wo stehe ich in dieser Beziehung, was empfinde ich für Conrad? Das Verliebtsein habe ich einfach übersprungen, da hat sich ganz schnell etwas Tieferes entwickelt. Allerdings weiß ich bis heute nicht, wie er für mich empfindet. So wenig wie Conrad lacht, redet er auch nicht über seine Gefühle. Hat er überhaupt welche für mich?", fragte ich mich nicht zum ersten Mal. Noch nie hatte er irgendeine Bemerkung gemacht, ob und was er an mir mochte. Langsam fragte ich mich, ob sich sein Verhalten mir gegenüber in Zukunft ändern würde. „Was bin ich für ihn?", fragte ich mich.

Es war einige Zeit vergangen und es änderte sich nichts. Auf eine Äußerung von ihm, was er für mich empfinden würde, wartete ich nicht mehr. So hielt ich mich mit meinen Äußerungen ihm gegenüber auch zurück. „Ein ich habe dich lieb!", geäußert in einem emotionalen, unbedachten Moment, hatte bei ihm nur einen überraschten Gesichtsausdruck hervorgerufen. Somit ließ ich derartige, gefühlsbetonte Kundgebungen in Zukunft.

Conrad, am Tage sachlich und freundlich, nachts der leidenschaftlichste Mann, was für ein Kontrast. Damit fuhr mein eigenes Gefühlsleben ständig Achterbahn. Oft dachte ich darüber nach, sprach auch mit meiner Freundin Vera darüber. Aber auch zu zweit konnten wir keine Erklärung für Conrads Verhalten finden.

Ich war ratlos. Aufgeben wollte ich Conrad auf keinen Fall. „Ich liebe diesen komischen Kerl!", stellte ich überrascht fest. „Wieso, warum, es ist einfach so." Dinge, die mich sonst bei anderen Männern gestört hatten, waren mir bei ihm nicht wichtig. Ich mochte ihn so, wie er war! Aber wie sollte es funktionieren, wenn ich bis jetzt nicht wusste, wie er zu mir steht?

•

In der nächsten Zeit, war ich häufig bei Conrad in Ostfriesland. Zu mir hingegen kam er selten. Er fühlte sich in seiner Umgebung am wohlsten. Einerseits konnte ich es verstehen, denn sein Haus war groß und bat viel mehr Möglichkeiten. Ich wohnte in einer Mietwohnung, etwas beengter. Andererseits würde ich gerne auch mehr Zeit mit ihm in meiner Umgebung verbringen. Nun gut, so fuhr ich eben häufiger nach Ostfriesland. Allerdings bezog ich nur eine Rente und die Fahrerei ging ins Geld. „Ob sich das auf Dauer so vereinbaren lässt, mit den überteuerten Benzinpreisen?" Mir kamen Zweifel. Neben meiner Wohnung hatte ich, wie schon erwähnt, noch ein kleines Wochenendhaus, eher Hütte. In dieser hatten Kiyan und ich immer den

Sommer verbracht. Im Winter waren wir in unserer Wohnung. Daher war das Wochenendhaus auch nie renoviert und winterfest gemacht worden. Meine Nachbarn dort hatten ihre Häuschen für den Winter vorbereitet und komfortabel eingerichtet. Nun hatte ich eine spontane Idee: „Wenn ich in das Wochenendhaus einziehe, meine Wohnung aufgebe, würde ich die Miete sparen. Somit stand mir monatlich mehr Geld zur Verfügung. Ich könnte dann öfter in Ostfriesland sein und hätte trotzdem noch einen eigenen, festen Wohnsitz. Auch für all meine persönlichen Sachen, die sich im Laufe meines Lebens angesammelt haben, gab es dort Platz. Außerdem hätte ich weiterhin genügend finanzielle Mittel, um Unternehmungen mit meinen beiden entzückenden Enkelmädchen zu unternehmen. Diese Idee gefiel mir gut!

Einige Wochen rang ich mit mir, ob ich diese Idee tatsächlich umsetzen sollte. Einfach würde es nicht werden, die Wohnung auf zu geben. Das Wochenendhaus müsste zumindest so hergerichtet werden, dass ich dort leben konnte. Trotz aller Aufgaben und Probleme, die auf mich zukommen würden, entschied ich mich für diesen Schritt.

Mutig teilte ich meine Entscheidung meinem Sohn und seiner Frau mit. Das löste bei ihnen Erstaunen und Unglauben aus. „Was für eine verrückte Idee, hat sie da wieder!" dachten sicher Beide.

●

Und auch Conrad musste ich auf meine wohnliche Veränderung vorbereiten. Er sah mich erstaunt und ungläubig an. Was er dachte, konnte ich seinem Gesicht ablesen. „Endlich eine eindeutige Regung in seiner Miene!", dachte ich. Aber das hätte ich in anderen Situationen lieber gesehen. Für Conrad war das offensichtlich eine ganz unmögliche Entscheidung. Er war sichtlich überrascht und entsetzt. „Egal mein Lieber! Wenn das mit uns eine Zukunft haben soll, bleibt mir nichts anderes übrig!"

•

Meine Wohnung war gekündigt, ich hatte noch drei Monate um den Umzug vorzubereiten. Ich nutzte die Zeit dafür, wenn ich nicht in Ostfriesland war. Entscheidungen standen an, welche von meinen persönlichen Sachen ich mitnehmen sollte. Von sehr vielen Dingen würde ich mich trennen müssen. Außerdem musste ich die Wohnung in einem renovierten Zustand übergeben. Das würde eine echte Herausforderung für mich werden. Conrad erwartete nach wie vor, dass ich so oft wie möglich zu ihm nach Ostfriesland kam. Manchmal, wenn ich in meiner Wohnung war und wir telefonierten, erwähnte er: „Ich habe ein schlechtes Gewissen, dass ich dir nicht helfen kann!" Obwohl ich ein wenig enttäuscht war, teilte ich ihm mit, dass es ok so sein würde. Er hatte schließlich auch seine Dinge zu erledigen. Es ging ihm gesundheitlich mit seinem Rücken nicht gut, und er war erkältet. „Also keine Angst, ich schaffe das auch alleine!", erwiderte ich, um ihn zu beruhigen.

Die Vorbereitungen für den Umzug klappten recht gut. Ab und zu brauchte ich etwas Hilfe. Mein Sohn sprang oft ein. Er war eine große Hilfe. Auch Conrad half mir bei einigen Arbeiten in der Wohnung. Dafür war ich sehr dankbar.

Conrad kam sogar für ein paar Tage in mein Wochenendhaus, um mir auch hier zu helfen. Es war hier noch sehr ungemütlich, halbfertig und überall standen Taschen und Kartons herum. Mir fehlten noch einige Schränke, um alles zu verstauen. Conrads Laune war im Keller, das konnte ich seinem, sonst so ausdruckslosen Gesicht ansehen. Er war genervt von der Situation, meiner Entscheidung und dem ganzen Chaos hier. Ich fühlte mich schuldig und hatte Angst, ihn durch meine Entscheidung zu verlieren. Aber was konnte ich tun? Ich gab mir Mühe, es für ihn hier bei mir einigermaßen erträglich zu machen. „Es ist nur jetzt so schwierig, wenn alles eingerichtet und verstaut ist, hier im Wochenendhaus haben wir wieder mehr Zeit für einander! Ich kann dann wieder ganz entspannt nach Ostfriesland kommen!", versuchte ich ihn positiv zu stimmen. Seine Miene war verschlossen, er redete nicht mit mir, teilte sich nicht mit.

An einem Morgen am Frühstückstisch saß Conrad mir wieder mit einer versteinerten Miene gegenüber. Unbehagen machte sich zwischen uns breit. Der Tag würde anstrengend werden. Mein Sohn wollte gegen Nachmittag mit seinem Anhänger einen Schrank vorbeibringen. Conrad hatte sich bereit erklärt, diesen dann mit mir aufzubauen. Wie sollte das alles klappen, wenn er sich offensichtlich hier so unwohl fühlte. Langsam hielt ich diese angespannte Situation nicht mehr aus. „Bitte, warum machst du so ein genervtes Gesicht. Was gefällt dir nicht?", rutschte es mir heraus. „Ich fühle mich hier nicht wohl!", kam es etwas zerknirscht über seine Lippen. "Wie die hier alle so leben können, in ihren Hütten, ganz schrecklich!" rutschte es ihm noch heraus. Ich hielt den Atem an, Ärger stieg in mir hoch. Das hatte gesessen, ich fühlte mich persönlich verletzt. „Sieht er denn nicht, dass ich mir mit all dem Mühe gebe, damit wir eine Chance für die Zukunft haben? Dummer, intelligenter Mann!", dachte ich. Ich versuchte die Situation zu entschärfen und sagte: „Dann bauen wir einfach den Schrank heute Nachmittag zusammen auf. Und danach kannst du nach Hause fahren, wenn du dich hier nicht wohl fühlst. Am Wochenende komme ich dann wieder zu dir nach Ostfriesland!", schlug ich ihm vor. Conrad sah immer noch zerknirscht und sehr schlecht gelaunt aus. Er meinte: „Ja, solange halte ich das hier gerade noch aus!"

Ein kurzer Satz und doch mit großer Wirkung. Ich fühlte mich schlecht damit, verletzt und persönlich angegriffen. „Wenn du es hier nicht aushältst, mit mir und wie ich lebe, dann kannst du auch gleich nach Hause fahren. Ich komme auch alleine zurecht!", erwiderte ich aufgebracht. Äußerlich versuchte ich meine Haltung zu bewahren. Ich wollte nicht, dass er merkt, wie sehr er mich verletzt hatte, wie traurig ich war. Um mich abzulenken und der Situation zu entgehen, stand ich auf, um das Frühstücksgeschirr zu spülen. Conrad folgte mir in die Küche, nahm ein Handtuch. „Was machst du denn noch?", fuhr ich ihn an. „Ich will abtrocknen!", kam seine kurze Antwort. Was für eine groteske, überflüssige Situation in die wir ohne Vorahnung geraten waren. „Dann kann ich ja jetzt meine Sachen packen!", erwiderte er leise. Ich antwortete nicht, er ging packen. Beim Abschied umarmen wir uns. Er fragte: „Willst du es dir nicht noch mal überlegen?" So verletzt wie ich war, konnte ich nicht nachgeben. Dieser dumme Stolz, der vieles unmöglich machte, verleitete mich zu erwidern: „Ich muss mir gar nichts überlegen! Du kommst mit mir und meiner Umgebung nicht zurecht!" Conrad sagte nichts mehr, schnappte seine Tasche und ging.

Ich blieb sehr traurig und verletzt zurück. konnte es noch gar nicht fassen, was da eben passiert war. Wieder eine gescheiterte Beziehung, hörte das denn niemals auf? Dieses Mal war es besonders schlimm, denn wir hatten uns gut verstanden. Es hatte in jeder Hinsicht gepasst. Warum fiel es uns in unserem Alter so schwer über Probleme zu sprechen und Lösungen zu finden? Warum fiel es uns so schwer Gefühle, Wünsche und Hoffnungen mit anderen zu teilen?

Theo

Zeit war vergangen, der Frühling war gekommen. Ich hatte mich in meinem kleinen Häuschen eingerichtet. Es war alles sehr gemütlich und schön geworden. Ich fühlte mich wohl! Im Garten blühten die ersten Blumen, Rosen und Büsche. Das Wasser im See hatte eine angenehme Temperatur. So ging ich oft Schwimmen. Wenn ich draußen im Garten war, die Sonne spürte und die Natur betrachtete, war ich glücklich und zufrieden. Aber immer noch fehlte mir zu meinem kompletten Glück ein Partner. Bisher hatte ich vermieden in das Dating Portal "My" zu sehen. Aber das Leben ging bekanntlich weiter und ich wollte nicht auf ewig alleine bleiben. So melde ich mich wieder in "My" an. Als ich so durch die männlichen Angebote scrollte, erschien plötzlich und unerwartet das Profil von Conrad. Ich hatte eine kurze Schrecksekunde, war aber neugierig, was er schrieb in seinem Profil. „Das Gleiche wie früher, allerdings hat er ein neues Profilbild. Wieder mit Sonnenbrille! Warum wohl?", dachte ich. Für mich fand ich eine passende Erklärung. Es war ein ungewolltes Symbol! Er signalisierte damit, dass er niemandem sein wahres Gesicht zeigen wollte. Mit dem Thema war ich durch und beschloss zukünftig schnell weiter zu scrollen, falls er wieder auftauchen würde.

Ab und zu schrieben mir sympathische Männer eine Nachricht. Es wurden wieder Telefonate geführt und Treffen geplant. Es gab einen Jakob aus Bremerhaven, einen Egon aus Aurich, einen Holländer namens Jupp. Und von den anderen weiß ich die Namen nicht mehr. Skurrile Begebenheiten bereicherten oder stressten mein Leben. Der Holländer kam mit einem Elektrofahrzeug. Dieses wurde sofort nach der Ankunft, mit einem langen Kabel mit meinem Strom versorgt. Kaffee und Kuchen gab es von mir gratis dazu! So war ich wenigstens für Gesprächsstoff in der

Nachbarschaft gut. Denn es standen immer Autos aus unterschiedlichen Regionen Deutschlands auf meinem Parkplatz. Dass die Herren nur auf einen Kaffee und gemeinsame Gespräche vorbeikamen, erfuhr ja niemand. Die meisten Kontakte versickerten schonungslos im Sand.

Es war Sommer und ich genoss einfach mein Leben hier am See. Die Aktivitäten in Sachen Partnersuche liefen so nebenbei!

Heute kam eine Nachricht von einem netten, sympathischen Mann. Er hieß Theo und wohnte, es wunderte mich nicht, in Leer. Immer wieder landete ich in Ostfriesland. Wir telefonierten relativ zeitnah, vereinbarten ein Treffen bei einem Griechen in meiner Nähe. Nach dem Treffen gingen wir eine Runde im Wald spazieren. Es passte prima. Wir haben uns viel zu erzählen. Theo war etwas größer als ich, schlank, aber nicht zu dünn, hatte ein verschmitztes Gesicht und war total pfiffig. Er hatte einen typisch ostfriesischen Humor und brachte mich zum Lachen. Das Zusammensein mit ihm war total unkompliziert und entspannend.

„Hurra!", freute ich mich. Endlich wieder ein Lichtblick im Himmel der Partnersuche. Wir beschlossen es miteinander zu versuchen.

Ich fuhr also nach Leer zu Theo. Aber einen Haken hat das Ganze dennoch. Ich hatte viele meiner persönlichen Sachen noch bei Conrad. Diese konnte ich, praktisch wie ich war, auf dem Wege zu Theo bei ihm abholen. Schnell informierte ich Conrad, dass ich am Samstagmittag meine Sachen bei ihm abhole würde. Conrad war einverstanden. Mir wurde ein wenig mulmig bei dem Gedanken Conrad wieder zu sehen. Immerhin war da noch ein Rest an Gefühlen vorhanden und ich hatte ihn lange vermisst. Darüber würde ich mich, cool und sachlich hinwegsetzen, nahm ich mir vor.

Der Samstag war gekommen. Ich verstaute

einige Sachen und meine Katze in mein Auto und machte mich auf den Weg nach Ostfriesland. Die Strecke kannte ich nun schon recht gut. Irgendwie komisch, dass ich zu Conrad fuhr. Dieses Mal aus einem ganz anderen Grund, wie noch vor einigen Monaten. „Da muss ich durch!", dachte ich. Es befanden sich dort viele Dinge, die ich nun bei Theo brauchte! Die Katzentoilette, den Kratzbaum für meine Katze, persönliche Sachen von mir! Das konnte ich nicht einfach bei Conrad lassen und ständig alles neu kaufen.

Als ich bei Conrad eintraf, hatte er meine Sachen, nicht wie vereinbart vor seine Tür gestellt. So blieb mir nichts anderes übrig als zu klingeln. Er schien mich nicht zu hören, aber die Tür zu seinem Garten war offen. Beherzt ging ich in den Garten und sah ihn ziemlich verschwitz auf seiner Terrasse stehen. Er hatte sicher im Garten gearbeitet, und kam nun auf mich zu. Die erste Reaktion, ihn in den Arm zu nehmen, unterdrückte ich erfolgreich.

Er übte immer noch eine enorme Anziehungskraft auf mich aus. Ich blieb auf Distanz, denn ich war hier um meine Sachen abzuholen. „Die Sache ist schon lange beendet, reiß dich zusammen, bleib cool!", ermahnte ich mich. Der erste Moment war überstanden, es fiel mir leichter sachlich und distanziert zu bleiben. Conrad half mir beim Tragen der Sachen zu meinem Auto. Jetzt fiel ihm die Katze auf meinem Beifahrersitz auf. „Wieso hast du die Katze mitgebracht?", wollte er von mir wissen. Auf diese Frage war ich nicht vorbereitet. „Hm, ja, ist etwas persönliches!", druckste ich herum. Ich wollte ihm nicht erzählen, dass ich mit den abgeholten Sachen zu Theo fahren wollte. Es klang so banal und total abgebrüht. Aber das war ich nicht. In mir tobte ein Gefühlschaos. Mein Herz wollte einfach nur hierbleiben und so tun als wäre die Zeit vor einigen Monaten stehen geblieben. Aber das war sie nicht. Es war viel passiert. Ich hatte Theo kennengelernt. Und auch Conrad würde in Sachen Partnersuche nicht untätig gewesen sein. Ein Zurück gab es nicht, das war mir klar. „Möchtest du noch einen Kaffee mit mir trinken?", fragte Conrad völlig überraschend. „Nein, das geht nicht! Ich habe die Katze im Auto!", erwiderte ich. Aber das war nicht der Grund. Ich konnte die Situation einfach nicht aushalten. Nur Smalltalk, einen Kaffee trinken, wie alte Bekannte, das ging für mich noch nicht. Für ihn war das einfacher, denn tiefere Gefühle hatte er für mich sicher nicht gehabt. Schnell verabschiedete ich mich, stieg in mein Auto und fuhr zu Theo.

Meine Traurigkeit verflog, je näher ich Theos Zuhause kam. Problemlos leitete mich mein Navi zu seiner Adresse. Theo empfing mich freundlich und half mir meine Sachen aus dem Auto zu holen. Entsetzt stellte ich fest, dass Conrad mir die Katzentoilette und den Kratzbaum nicht mitgegeben hatte. War es Absicht oder seine neue Freundin eine Katze? Oder hatte er es einfach vergessen? Jedenfalls brauchte ich die Katzentoilette, wenn ich keine Neue kaufen wollte. Theo meinte: „Wir fahren los und kaufen alles neu!" „Nein, das kann ich nicht einsehen. Ich rufe Conrad an, und sage ihm, dass ich die Sachen für die Katze brauche und abhole!", erwiderte ich. Mit Theos Festnetztelefon rief ich Conrad an und teilte ihm mit, dass ich die Katzensachen noch abholen würde. „Wo bist du denn?", wollte Conrad von mir wissen. „Ich bin in der Nähe bei einem Bekannten und hole die Sachen gleich ab!", teilte ich ihm mit. So, nun war die Sache geklärt. Was Conrad dachte, konnte mir egal sein. War es aber nicht, wenn ich ehrlich war. Erneut fuhr ich zu Conrads Haus und lud schnell die Katzensachen ein, die er unter einer Überdachung abgestellt hatte. Das Fenster zu seinem Badezimmer war offen, ich hörte ihn duschen und fuhr zu Theo zurück.

Theo war sehr aufmerksam und hatte für das Wochenende einiges geplant. Meine Katze und ich fühlten uns sehr wohl bei ihm. Wir hatten den nächsten Tag auf dem Groninger Markt verbracht und wollten am nächsten Tag einen Bummel durch die Leeraner Innenstadt machen, die ich schon aus der Zeit mit Conrad gut kannte. Mit Theo war alles sehr einfach. Ich konnte sein und reden wie ich war. Ich musste auch nicht ständig seinen Gesichtsausdruck beobachten, in der Angst etwas Falsches gesagt zu haben. Langsam erholte ich mich und genoss unser Zusammensein.

Beim Abschied nach einigen Tagen, vereinbarten wir, dass er zu mir in mein Wochenendhaus kommen sollte. Der Besuch endete leider etwas seltsam. Meine Schwester kam aus Alabama zu Besuch, wollte ein Wochenende mit mir verbringen, und Theo musste etwas eher nach Hause fahren. Er verabschiedete sich freundlich, aber distanziert, versprach sich zu melden.

Ich wartete fast eine Woche auf seinen Anruf. Irgendwann Ende der Woche rief Theo an. Das

Gespräch war schrecklich. Ich fragte ihn warum er nicht eher angerufen hatte. Darauf antwortete er, ich hätte ja auch anrufen können. Das Gespräch eskalierte und am Ende beschlossen wir beide, die Sache zu beenden.

Zwei Monate später erhielt ich eine Nachricht von Theo. Er fragte, ob wir telefonieren wollten. Wir telefonieren und stellten fest, dass wir uns gut verstanden, aber für eine Beziehung reichte es nicht. Theo hatte sein Leben und seine Vorstellungen, ich meine. Wir versuchten es mit Freundschaft. Ein neues Kapitel in meinem Leben, ein Experiment, das bisher recht gut klappt. Theo ist für mich ein sehr guter Freund geworden. Ich mag ihn und fühle mich wohl mit ihm. Wir besuchen uns häufig und ich hoffe sehr, dass es so bleibt.

Meine Partnersuche aber geht weiter. Ein Kapitel nach dem anderen öffnet sich. Aber ich habe beschlossen, nicht mehr weiter darüber zu schreiben. Dieses Buch muss irgendwann ein Ende haben. Sonst wird es eine endlose Geschichte, meine endlose Geschichte. Das meint auch Kiyan! Ich habe es ihm angesehen, als ich seinem Bild gute Nacht gesagt habe!

Ende

Nachwort

Geschafft!

Ihr Lieben nehmt es mir nicht krumm! Dieses Buch habe ich hauptsächlich für mich geschrieben. Es hat mir sehr geholfen, meine Erlebnisse, meine Fehler und mein Verhalten zu reflektiert. Ich habe viel über mich erfahren und mich selber besser kennengelernt.

Außerdem danke ich meinen Freundinnen Ines und Vera für ihre unerschütterliche

Geduld bei all meinen wilden Eskapaden.

Und glaubt mir, ich habe nicht den Anspruch, dass es ein kommerziell, besonders erfolgreiches Buch wird. Wenn es nur einige Personen gibt, die sich in den Geschichten wieder finden und sie zum Schmunzeln und Nachdenken angeregt werden, hat das Buch seinen Zweck erfüllt

Über mich kann ich sagen: "Ich bin keine erfahrene Autorin, ich bin eine Frau mit Erfahrungen. Bisher lebe ich mit meiner Katze zusammen, liebe meine Freunde und Familie!"

Tschüss ihr Lieben!